伊勢物語を楽しむ

楽しみながら古典にチャレンジ

半澤 トシ

はじめに

一、本書の使い方

本書は、『伊勢物語』を多くの方に楽しく読んでいただきたいとの思いから作られました。初めて古典に接する方にも、楽しく読んでいただけたら嬉しいです。各段ごとに上段に本文、下段にその現代語訳と簡単な解説をつけました。本文は、一部天福本系統の学習院大学蔵本からそのまま転載し、それ以外は角川ソフィア文庫『伊勢物語』に拠ります。どうぞ挑戦して読んでみて下さい。また、白字印刷の段は、ぜひペンまたは鉛筆で写しながら、声を出して読んでみて下さい。黒字印刷の本文も声を出して読むと、文章の面白さやリズムに気がつくでしょう。様々な読み方をして『伊勢物語』を味わいながら、その楽しさを感じていただけたら嬉しいです。

二、日本文学における『伊勢物語』の位置

日本文学の流れの中で、『伊勢物語』は、『大和物語』『平中物語』と同じく「歌物語」のジャンルに位置します。古代歌謡や『万葉集』などの和歌の流れ、その詞書の物語化により、『伊勢物語』は生まれました。

『伊勢物語』のその後の日本文学に与えた影響は、多大なものがあります。『古今集』の和歌への影響はもちろん、『源氏物語』には大きな影響を与えています。紫式部は、『伊勢物語』を読み、好ましい男性像のヒントを得たに違いありません。世阿弥の謡曲『井筒』は『伊勢物語』を素材にして女性を描いています。その他、江戸時代になると、井原西鶴の浮世草子『好色一代男』や仮名草子の『仁勢物語』などがあり、『伊勢物語』を意識して書かれています。このように日本文学の大きな流れのみなもとになっていると考えられます。

三、『伊勢物語』の特徴

かな文字の発達とともに、和歌の説明文である詞書から発展し、物語としての興味もあり、歌に関するエピソードを集め、「歌物語」は生まれました。『伊勢物語』もその一つです。おおむね簡潔な文章で構成、表現されています。

男の一代記風の構成で、初段「初冠」から始まり、最終段の「死」を意識する歌で終わります。その男主人公は、在原業平とおぼしき男として描かれます。業平作以外の歌もあり、また業平の史実とは違う内容もあります。しかし、『伊勢物語』は、歴史書ではありません。私たちは、一つの物語として想像力たくましくイメージをふくらませて読んで、少しもかまいません。読者各々が共通のイメージを持ってよし、別のイメージを持ってもよし、というわけです。

それでも『伊勢物語』の編集者は形の統一を考え、まとめようという意識を持っていました。各々の段の多くが「むかしおとこ有りけり」で始まります。そして各段に必ず一首以上の歌があります。それらの段を丁寧に注意深く読んでいくと、精神的支柱ともいえる、ある共通点が見えてきます。それが「みやび」の精神です。

四、「みやび」の精神

歌がたりから出発して、『伊勢物語』の精神を貫くもの、テーマ、それが「みやび」です。「みやび」の語源は「宮ぶ」、すなわち宮廷風・都会風ということです。動詞にすると「都ぶ」となります。反対語は「ひなび」「さとび」、動詞は「鄙ぶ」「里ぶ」です。田舎風、田舎じみるということになります。『伊勢物語』の内容から判断すると、人物評価の基盤、すなわち人生観そのものであり、理想的な一人の人間像が浮かび上がってきます。どのような人生観かというと、貴族的、文化的、都会的センスです。あたたかい思いやり、博愛精神を持って生きるという人生観です。理想的な人間像ではありますが、たくましい英雄ではなく、文化的英雄です。すなわち「みやび」の精神を持つ英雄です。しかし反対の意味の「ひなび」を嫌うものではありません。最も嫌ったのは、「えせみやび」でした。心にもなく「みやび」のふりをする人、真実味のない「なま心」を持つ人なのでした。

五、在原業平

―その生い立ち―

業平が生まれたのは、嵯峨天皇の時代、天長二年（八二五）です。父は平城天皇第一皇子阿保親王で、母は平城天皇の父、桓武天皇の皇女伊都（登・豆）内親王です。叔母と甥の関係でもありました。桓武天皇は奈良の都から長岡京、平安京へと都を移しました。その後業平の祖父が平城天皇となり、積極的に政務を行い、詩文を愛する人でしたが、在位三年で引退、薬子の変もあり、平城京に戻り、仏門に入りました。祖母阿保親王の母は、朝鮮半島からの渡来人の子孫、葛（藤）井氏の出で、その多くは下級の役人でした。父の阿保親王は、薬子の変に連座し一九歳から十数年太宰権帥として九州におりました。その後京に戻り伊都内親王と結婚し、業平が生まれました。伊都内親王の母は藤原南家乙叡の娘平子です。乙叡の母は百済王明信でした。百済系の人たちは裕福で、『伊都内親王願文』からもわかるように、伊都内親王も裕福で、業平が生まれた頃は、京の都に大邸宅がありました。『伊勢物語』八十四段には長岡に住んでいた、とありますので、別荘もあったのでしょう。業平は京の邸宅で母伊都内親王にかわいがられて育ったことでしょう。そして十八歳の時承和の変が起きるまで、平和な生活が続いたと思われます。

―兄弟たち―

業平は、「在五中将」といわれるように、在原家の五番目の息子ともいわれています。父が大宰府にいる時生まれた兄たち、仲平・行平や守平と共に在原姓を賜わりました。一説に音人も兄弟といわれ、変の前後に生まれたので、大江本主の子として育てられました。大江家を称し、学問の家として続いていきます。

―人となり―

業平の生い立ちからもわかるように、幾重にも天皇の血筋をひく、名門中の名門の出身です。しかし、薬子の変や承和の変という思いがけない事件に身内が巻き込まれ、多感な時期に深い傷痕を残しました。業平の性格にも影響を及ぼしたに違いありません。

『三代実録』には、業平を「体貌閑麗、放縦不拘、略無才学、善作倭歌」容姿端麗で、不羈奔放な人生を送り、あまり才学は無いが、和歌の名手である、と記しています。『古今集』仮名序には、「在原業平はその心余りて、言葉足らず」とあります。業平の歌には、ひたむきな情熱と即興的に心のうちを吐露する勢いがあります。そして「色好み」と評される歌も多くあります。しかしそれは、好色とは違うもので、むしろ「風流」と表現できるものでした。

なお、在原業平は、僧正遍照、文屋康秀、喜撰法師、小野小町、大伴黒主と共に六歌仙の一人です。

六、書名について

『伊勢物語』と称されるこの歌物語の書名の由来については、定かではありません。六十九段以下数段に書かれた伊勢の国の物語により、このように称されたと、後の人は信じていたようです。確かに在り得ないような伊勢斎宮との愛の物語を中心に書かれたと考えることもできます。平安中期の人は、業平と斎宮恬子との間に生まれた子師尚が高階茂範の子どもとして育てられたと信じていたようです。『源氏物語』総角の巻には、「在五が物語」と書かれており、業平を在五中将ともいうので、業平の物語という意味で呼ばれていたのでしょう。なお、『源氏物語』絵合の巻には「伊勢物語」としてその名が登場しており、物語絵や歌の手本としても『伊勢物語』の名は知られていたようです。

七、作者について

『伊勢物語』の成立がいつで、誰によって作られたかは、はっきりわかっていません。おそらく、業平自筆の原本があり、その読者が追加したり並べ替えたりして作り、書写していったのではないかと考えられます。その間『古今集』や『後撰集』が編纂されました。京に住む在原家と関係のある人から伝えられたに違いありません。業平の子棟簗、その子元方は『古今集』の巻頭歌の作者です。棟簗や、その子戒仙という僧は、『古今集』撰者の紀貫之らと親しかったようです。どうも紀貫之らは、歌人として業平を尊敬し、好意を持っていたのではないでしょうか。業平の遺稿集を棟簗や戒仙から手に入れて、『古今集』に載せ、また、『伊勢物語』の成立に加担したのではないでしょうか。『後撰集』の撰者である源順の頃までは成立途上でした。その他にも読者である作者がいたかもしれません。平安末期の藤原定家の頃には、今に伝わる『伊勢物語』にすっかり定着していました。

❖初段

むかしおとこうゐかうぶりして
ならの京かすがのさとにしる
よしてかりにいにけりその
さとにいとなまめいたるをんな
はらからすみけりこのおとこ
かいまみてけりおもほえずふる
さとにいとはしたなくてありけ
ればここちまどひにけりおとこの
きたりけるかりぎぬのすそを
きりてうたをかきてやるそのおとこ
しのぶずりのかりぎぬをなむ
きたりける

新古今
かすがののわかむらさきのすりごろも
しのぶのみだれかぎりしられず

現代語訳

昔、男が元服して、奈良の京、春日の里に領地があったので、狩りに出かけました。その里には大そう若々しく美しい姉妹が住んでいました。この男はひそかにその姿を見てしまいました。思いがけずこのさびれた都には不似合いな様子でおりましたので、すっかり心が乱れてしまいました。男が着ていた狩衣の裾を切って、歌を書いて贈りました。その男はしのぶずりの狩衣を着ていたのでした。

春日野の若紫のすりごろもしのぶの乱れかぎり知られず（春日野の若く美しいあなたがたの姿に、私の心はこの狩衣のしのぶずりのようにどうしようもなく乱れております）

と、大人ぶって詠み贈ったのでした。

ちょうど時機に合った洒落た趣向と思ったのでしょうか、

みちのくのしのぶもぢずり誰ゆゑに乱れそめにし　われならなくに（みちのくのしのぶもぢずりのように私の心が乱れるのはあなた以外の誰のためでもありません）

という歌の気持ちを踏まえたものでした。昔の人はこのような情熱的な風雅の振舞をしたのでした。

解説

時代や人物を特定しない、ある男の登場です。成人式を迎え、ようやく一人前になった男が、平安貴族がまだ奈良の京に繋りがあった頃、奈良の自分の領地に鷹狩りに行きました。そこで、何とも若くて美しい姉妹に出会い、意外にもさびれた旧都には似つかわしくないようなその姿に、すっかり心をうばわれてしまったのでした。男はもともと狩りに着る服で、後に平安貴族の平服になった狩衣を着ていましたので、その裾を切り取り、歌を添えて贈りました。奥州信夫郡で産する織物とも、しのぶ草の模様を擦り付けて染めたものとも言われるしのぶずりの狩衣を着ていたのでした。

となむをいひやりける。ついでおもしろきことともやおもひけん。
みちのくのしのぶもぢずりたれゆへに
みだれそめにしわれならなくに
古今
といふうたのこころばへなり。むかし人は、かくいちはやきみやびをなんしける。

河原左大臣
左大臣源融　寛平七年八月廿五日薨七十三
在中将業平朝臣

春日野の若紫のすりごろもしのぶの乱れかぎり知られず

これは女性を意識し、大人であると自覚した男の初々しい大人ぶりを歌に詠んだもので、

みちのくのしのぶもぢずり誰ゆゑに乱れそめにしわれならなくに

という、河原左大臣の詠んだ歌の心を踏まえたものでした。昔の人はこのように時機にあった洒落た趣向の歌を詠み、激しくも優雅な振舞をしたのでした。

ここでのみやびは、理想の男性像として表現されています。恋は教養ある人のものとする美意識から生まれ、みやびを知る豊かな心の持ち主が理想の人物なのです。

時代や人物を特定せず、物語性を持たせた書き方をしていますが、主人公の男は、実は実在の人物、在原業平がモデルだとされています。彼の歌を中心に、「ある男の一代記」の歌物語として書かれています。

❖第二段

むかし、男ありけり。奈良の京は離れ、この京は人の家まだ定まらざりける時に、西の京に女ありけり。その女、世人にはまされりけり。その人、かたちよりは心なむまさりたりける。ひとりのみもあらざりけらし。それを、かのまめ

現代語訳

昔、男がおりました。奈良の都からは離れ、平安京の都はまだ人家も少なかった西の京に女が住んでいました。その女は人並み以上にすばらしい人でした。容貌よりは心がすばらしい人なのでした。一人だけの身でもないようでした。それをこのひたむきな男は何度か親しく言い語らった後、家に帰ってきてどう思ったのでしょうか、時は弥生の一日、雨がしとしとと降る時、その女に歌を贈ったのでした。

起きもせず寝もせで夜を明かしては　春のものとてながめ暮らしつ（起きるでもなく眠るでもなく一夜を明かしては、春はこんなものということで、この長雨のようにぼんやりと長い一日を過ごしたことです）

男、うち物語らひて、帰り来て、いかが思ひけむ、時は弥生のついたち、雨そほ降るにやりける、

　起きもせず寝もせで夜を明かしては
　　春のものとてながめ暮らしつ

❖第三段

むかし、男ありけり。懸想しける女のもとに、ひじき藻といふものをやるとて、

　思ひあらば葎の宿に寝もしなむ
　　ひしきものには袖をしつつも

二条の后の、まだ帝にも仕うまつりたまはで、ただ人にておはしましける時のことなり。

解説

この段の時代設定は新しい京になったばかりの平安京です。平安遷都は業平元服よりわずか三十年前のことです。物語の主人公は「業平的」ですが、そのものではなく、フィクションであることを明示しています。物語化しているといえます。

後朝のあとは、手紙を届けるのが礼儀です。関係を続けたい気持ちの意思表示です。この歌も後朝の歌の設定で、独り身でない女とすばらしい夜を過ごし、夢のような気持ちでぼんやりと過ごしているという歌を贈っています。

ここに登場する女性は、「心なむまさりたりける」と、理性的でつつましく男が心引かれる必然性を持った女性です。この男は人間を内面的にみて心引かれたのです。また、男はまめ男と表現しています。ひたむきな恋の探求者がまじめに恋をするまめ男のイメージです。少しユーモアも感じられます。

なお、この歌は『古今集』に在原業平の歌として載っています。後朝の歌ではありませんが……。『伊勢物語』は『古今集』編纂の後に成立したと思わせる段です。

現代語訳

昔、男がおりました。思いをかけている女のもとに、海産物のひじきを贈ると言って、

思ひあらば葎の宿に寝もしなむ　ひしきものには袖をしつつも（私を思う心があるならば、葎の茂るあばら家ででも共に寝ましょう。敷物としては着物の袖を敷くとしても）

これは、二条の后高子様がまだ帝にもお仕えなさらず、普通の人としていらっしゃった時のことです。

解説

高子若かりし頃の業平との恋は、当時の語り草になっていました。その事実を基にして架空の物語を書いたと思われる後人の注です。これは業平の作ではないことを示しているともいえます。

歌の調べはせつせつとして愛一筋を詠っていますが、ちょっと土臭さも感じられ

❖第四段

むかし、東の五条に、大后の宮おはしましける、西の対に、住む人ありけり。それを、本意にはあらで、心ざし深かりける人、行きとぶらひけるを、睦月の十日ばかりのほどに、ほかにかくれにけり。あり所は聞けど、人の行き通ふべき所にもあらざりければ、なほ憂しと思ひつつなむありける。またの年の睦月に、梅の花ざかりに、去年を恋ひて行きて、立ちて見、ゐて見、見れど、去年に似るべくもあらず。うち泣きて、あばらなる板敷に月の傾くまでふせりて、去年を思ひいでてよめる、

月やあらぬ春や昔の春ならぬ

ます。

なお、この歌は「物の名」と言い、「ひじき藻」という言葉が隠されています。ひじきは本来服喪中の食物とする説（折口信夫）もあります。

現代語訳

昔、東の京の五条に皇太后の宮がいらっしゃいました。そのお屋敷の西の対に住む人がおりました。その人を偶然の成り行きで愛してしまったある男がよく訪れていました。ところが、睦月の十日頃にその人はよそに移ってしまいました。新しい居所を聞くと、人が行き来できる所でもなかったので、その後もやはりつらいと思いながら逢えずにいたのでした。

次の年の正月、梅の花の盛りの頃、去年の思い出の邸に行って、立っては見、座っては見、周りを見ましたが、去年の面影はまったくありませんでした。泣きながら、荒れてがらんとした板敷きに、月が傾くまでうち伏して、去年を思い出して歌を詠みました。

月やあらぬ春や昔の春ならぬ　わが身一つはもとの身にして（私の気持ちは昔のままですが、すべては変わってしまいました。変わるはずもない月も、春も、そしてあの恋も……）

と詠んで、夜がほのぼのと明けてゆく頃になって、泣く泣く家に帰ったのでした。

解説

この段は、歌もすぐれていますが、文章もなかなか格調が高くろうろうと声を出して詠んでほしい段です。筋だけではなく、描写しようとする物語的要素もあります。

歌は、業平の代表作として『古今集』にも載っています。月や春に呼びかけたような独白的なせりふで、縁語・掛詞などの技巧がないだけに真情にあふれています。

わが身一つはもとの身にして

とよみて、夜のほのぼのと明くるに、泣く泣く帰りにけり。

❖第五段

むかし、男ありけり。東の五条わたりに、いと忍びて行きけり。みそかなる所なれば、門よりもえ入らで、童べの踏みあけたる築地のくづれより通ひけり。人しげくもあらねど、たび重なりければ、あるじ聞きつけて、その通ひ路に夜ごとに人をすゑてまもらせければ、行けども、えあはで帰りけり。さて、よめる、

人知れぬわが通ひ路の関守は
宵々ごとにうちも寝ななむ

とよめりければ、いといたう心やみけり。あるじ許してけり。

二条の后に忍びて参りけるを、世の聞

現代語訳

昔、男がおりました。東の五条あたりの邸に、こっそりと通っていました。ひそかに通う所だったので、門から入るのもはばかられて、子どもたちの踏み開けた築地のくずれをぬけて通っていたのでした。それほど人の出入りが多いわけでもなかったけれど、訪れが度重なったので、そこの主人が聞きつけて、その通い路に毎晩番人を置いて見張らせたので、行っても逢えずに帰ってくるようになったのでした。それで、歌を詠みました。

人しれぬわが通ひ路の関守は　宵々ごとにうちも寝ななむ（ひそかな私の恋の通い路にいる番人は夜ごと夜ごとにさっさと寝てしまえばいいのになあ）

と詠んで贈ってきたので、その女はひどく心を痛めました。それを見かねてそこの主人は二人の仲を許したのでした。二条の后の邸に業平がしのんで通ったことが世間の評判になったので、女の兄達が監視なさったのだということです。

解説

三・四・五段とも男は業平、女は二条の后高子を連想させる内容です。皇太后である順子（仁明妃・文徳母）のもとで生活していた高子は、藤原氏にとっては皇室に嫁がせる大事な姫君でした。業平とのうわさが立ち、后になるのに支障があっては困るので、その兄達（国経・基経）は監視していたのです。落ち込んでしまった高子を見た主人順子は二人の仲を許したとありますが、許すはずはありません。男の歌のすばらしさに女は心を打たれ、許したというのは、作り話と思われるほどハッピーエンドの物語になっています。このような段では、業平と結び付けて『伊勢物語』を楽しんでもよいでしょう。

えありければ、兄人たちのまもらせたまひけるとぞ。

❖第六段

むかし、男ありけり。女のえ得まじかりけるを、年を経てよばひわたりけるを、からうして盗みいでて、いと暗きに来けり。芥河といふ河を率て行きければ、草の上に置きたりける露を、「かれはなにぞ」となむ男に問ひける。行く先多く、夜もふけにければ、鬼ある所とも知らで、神さへいといみじう鳴り、雨もいたう降りければ、あばらなる蔵に、女をば奥におし入れて、男、弓、胡籙を負ひて戸口にをり。はや夜も明けなむと思ひつつゐたりけるに、鬼はや一口食ひてけり。「あなや」と言ひけれど、神鳴る

現代語訳

昔、男がおりました。身分が高く、とても我が物にできそうになかった女と幾年も続けて情を交わしていましたが、やっとのことでこっそり連れ出して、暗い夜逃げてきました。芥河という川のほとりを連れ立って行ったところ、女は草の上に降りた露を「これはなに」と男に尋ねました。行く道のりは遠く、夜も更けてしまったので、鬼が住んでいた所とも知らず、雷まで激しく鳴り雨もひどく降ったので、荒れた郷倉の奥に女を押し入れて、男は弓やなぐいを背負って戸口におりました。早く夜が明けるといいなと思いながら座っていたところ、鬼はもはや女を一口に食べてしまったのでした。女は「あら、大変」と言ったけれど、雷鳴で男は聞き取れませんでした。次第に夜も明けてきたので、中を覗くと、連れて来た女がいませんでした。悔しくて地団太踏んで泣いたけれど、どうしようもありませんでした。

白玉かなにぞと人の問ひし時　露とこたへて消えなましものを（真珠かしら何かしらとあの人が尋ねた時、露だよと答えて露とともに消えてしまえばよかったのになあ。死なずにいたためにこんな悲しい思いをすることだよ）

これは、二条の后がいとこの女御のもとにお仕え申し上げる形で寄寓しておられたのを、容貌が美しくていらっしゃったので、業平が盗んで背負って出たところを、兄の堀河の大臣や太郎国経の大納言がまだ身分の低い時に、宮中に参内なさる途中大そう泣く人がいるのを聞き付けて、二条の后を引きとどめて取り返しなさったということでした。それをこのように兄たちを鬼と言ったのでした。二条の后がまだ大そう若くてただ人でいらっしゃった頃の話ということです。

解説

この段は「恋のあわれ」という一つの意図のもとに、物語を作った作者が見えて

さわぎに、え聞かざりけり。やうやう夜も明けゆくに、見れば、率て来し女もなし。足ずりをして泣けども、かひなし。

白玉かなにぞと人の問ひし時
露とこたへて消えなましものを

これは、二条の后の、いとこの女御の御もとに、仕うまつるやうにてゐたまへりけるを、かたちのいとめでたくおはしければ、盗みて負ひていでたりけるを、御兄人堀河の大臣、太郎国経の大納言、まだ下臈にて内裏へ参りたまふに、いみじう泣く人あるを聞きつけて、とどめて取りかへしたまうてけり。それを、かく鬼とは言ふなりけり。まだいと若うて、后のただにおはしける時とや。

きます。安心しきって白露の見える季節を感じる余裕もある女性が、恋の嬉しさの頂点から突然の雷雨で郷倉に隠れたが、鬼に一口に食われてしまったという悲しみのどん底に落ち込みます。自然の変化に順応する心理を簡潔に表現しています。この物語作者の知性と感性が感じられます。

結末の説明文は後人の書き添えと思われます。筆致も少し異なっています。五段のように、順子の邸にいる時は、女を盗み出せなかったのに、明子の邸にいる時は、簡単に盗み出せたのです。

❖第七段

むかし、男ありけり。京にありわびてあづまに行きけるに、伊勢、尾張のあはひの海づらを行くに、浪のいと白く立つを見て、

いとどしく過ぎゆく方の恋しきに
うらやましくもかへる浪かな

となむ、よめりける。

現代語訳

昔、男がおりました。京には住みづらくなって東国に行ったのでしたが、伊勢、尾張の国境の海岸を行くと、浪が大そう白く立つのを見て、

いとどしく過ぎゆく方の恋しきに　うらやましくもかへる浪かな（ここまで来るとますます通り過ぎてきた京の方が恋しい。うらやましくも浪が返るのを見ると、私も帰りたいものです）

と詠んだのでした。

解説

以下十五段まで「東下り」と言われる段です。なぜ東の国に行ったのかは、七段は「京にありわびて」、八段は「住み憂かりけむ、住み所求むとて」、九段は「身を要なきものに思ひなして、京にはあらじ、あづまの方に住むべき国求めにとて」と出立の動機が書かれています。当時の貴族にはめずらしいことでした。地方には中央にない何かがあり、その新しいエネルギーを感じ取っていたのかもしれません。地方の自由と未知へのあこがれ、現在の満たされない不満から流離・漂白・東下りに至ったのでしょう。これは後に能因・西行・宗祇・芭蕉という漂泊者を生み出すきっかけとなりました。

❖第八段

むかし、男ありけり。京や住み憂かりけむ、あづまの方に行きて住み所求むとて、友とする人ひとりふたりして、行きけり。信濃の国、浅間の嶽に煙の立つを見て、

現代語訳

昔、男がおりました。京の都は住みづらくなったのでしょうか、東国の方に行って安住の地を見つけようと思い、友とする人と連れ立って出掛けました。信濃の国の浅間山に煙が立つのを見て、

信濃なる浅間の嶽に立つ煙をちこち人の見やはとがめぬ（信濃にある浅間山に立つ煙をあちこちの人は不思議に思って見咎めないことがあるだろうか。驚異の眼を見張るに違いありません）

信濃なる浅間の嶽に立つ煙
をちこち人の見やはとがめぬ

解説

業平の兄、行平が信濃の国の国司だった頃なのでしょうか。業平が東海道を通ったのならば、浅間の煙は見えないはずです。何らかの伝承を取り混ぜて強引にまとめたのかもしれません。

❖第九段

むかし、男ありけり。その男、身を要なきものに思ひなして、京にはあらじ、あづまの方に住むべき国求めにとて、行きけり。もとより友とする人ひとりふたりして、行きけり。道知れる人もなくて、まどひ行きけり。三河の国、八橋といふ所にいたりぬ。そこを八橋といひけるは、水ゆく河の蜘蛛手なれば、橋を八つ渡せるによりてなむ、八橋といひける。その沢のほとりの木の蔭におりゐて、乾飯食ひけり。その沢に、かきつばたいとおもしろく咲きたり。それを見て、ある人のいはく、「かきつばたといふ五文字を句の上にすゑて、旅の心をよ

現代語訳

昔、男がおりました。その男は自分は世に用いられない者だと思い込んで「京には居るまい、東国の方に居住できる所を探しに行こう」と言って行きました。以前からの友達一人二人連れ立って行きました。道案内してくれる人もいなく、迷いながら行きました。三河の国八橋という所に着きました。そこを八橋と名づけた理由は、水の流れる水路が八方に広がり、橋を八つ渡したことによって八橋というのでした。一行はその沢のほとりの木の陰に、馬から下りて座って、乾飯(ほしい)を食べました。その沢にはかきつばたが、面白い風情で咲いていました。それを見て仲間の一人が「かきつばたという五文字を句の最初に使って旅の心を詠みなさい」と言ったので、詠みました。

からころも着つつなれにしつましあれば　はるばる来ぬる旅をしぞ思ふ（なれ親しんできた妻が京にいるので、はるばるとやって来た旅がいっそうしみじみと思われることです）

と詠んだので、そこにいる人は皆、乾飯の上に涙を落として、ふやけてしまいました。

旅を続けて駿河の国に着きました。宇津の山までやって来て、これから自分たちが分け入ろうとする道は、大そう暗く狭い上に蔦やかえでがうっそうと生い茂り、何となく心細くとんでもない目に遭うことだと思っていると、諸国を巡り歩く修行者に出会いました。

「こんな遠い所にどうして来られたのですか」と言うのをみると、かつて都で会ったことのある人なのでした。京の誰それのお手元にと言って手紙を書いて託しました。

め」と言ひければ、よめる、

からころも着つつなれにしつましあれば
はるばる来ぬる旅をしぞ思ふ

とよめりければ、みな人、乾飯の上に涙おとして、ほとびにけり。

行き行きて、駿河の国にいたりぬ。宇津の山にいたりて、わが入らむとする道はいと暗う細きに、蔦、かへでは茂り、もの心細く、すずろなるめを見ることと思ふに、修行者あひたり。「かかる道は、いかでかいまする」と言ふを見れば、見し人なりけり。京に、その人の御もとにとて、文書きてつく。

駿河なる宇津の山辺のうつつにも
夢にも人にあはぬなりけり

富士の山を見れば、五月のつごもりに、雪いと白う降れり。

時知らぬ山は富士の嶺いつとてか

駿河なる宇津の山辺のうつつにも夢にも　人にあはぬなりけり（駿河の宇津の山近くまで来てしまって、現実にも夢にもあなたにお目にかかれないことです）

富士の山を見ると、五月の終わり頃なのに、雪が大そう白く降り積もっていました。

時知らぬ山は富士の嶺　いつとてか鹿の子まだらに雪の降るらむ（季節というものを知らない富士山だなあ。今をいつと思って鹿の子まだらに雪が積もっているのでしょう）

その山は京の都に譬えると、比叡の山を二十ほど積み重ねた位の高さで、形は円錐形の塩尻のようでありました。

さらにどんどん行くと武蔵の国と下総の国との境に大そう大きな川がありました。その河は隅田河といいます。その川のほとりに集まり腰を下ろして思いをはせて、都を離れて随分遠くに来てしまったなあと互いに嘆き合っていると、渡し守が「早く舟に乗りなさい。日が暮れてしまいます」と言うので、舟に乗って下総の方に渡ろうとすると、京に残してきた人を思わぬではないので、皆は何とも言えずさびしくなったのでした。ちょうどそんな時、白くて、くちばしと足とが赤い鴫の大きさの鳥が、水の上をたわむれながら魚を獲っていました。京では見たことのない鳥なので、一同誰も知りませんでした。渡し守に尋ねたら、「これが都鳥ですよ」と言うのを聞いて、

名にし負はばいざこと問はむ都鳥わが思ふ人はありやなしやと（かの有名な都鳥よ、さあ尋ねてみましょう、私が思う妻は都で元気でいるかどうかを）

と、詠んだので、舟に乗っている人は皆感じ入って泣いたのでした。

解説

この段は、東下りの段として大変有名です。男が旅に出たのは、様々な理由が考えられます。例えば、高子との事件による心の傷をいやす、母の死による悲しみから脱する、服喪中の散位で都にいても仕方がない、など考えられますが、散位の時を利用して、畿外の旅に出ることを思い立ったのかもしれません。業平三十八歳の頃でした。つまりは、精神的自由を求めて東国への旅に出たのでしょう。「友とする人ひとりふたりして」とありますが、お供を含めて三、四十人の旅、馬に乗って

鹿の子まだらに雪の降るらむ

その山は、ここにたとへば、比叡の山を二十ばかり重ねあげたらむほどして、なりは塩尻のやうになむありける。

なほ行き行きて、武蔵の国と下つ総の国との中に、いと大きなる河あり。それを隅田河といふ。その河のほとりにむれゐて、思ひやれば、かぎりなく遠くも来にけるかな、と、わびあへるに、渡守、「はや舟に乗れ、日も暮れぬ」と言ふに、乗りて、渡らむとするに、みな人ものわびしくて、京に思ふ人なきにしもあらず。さるをりしも、白き鳥の、はしとあしと赤き、鴫の大きさなる、水の上に遊びつつ魚を食ふ。京には見えぬ鳥なれば、みな人見知らず。渡守に問ひければ、「これなむ都鳥」と言ふを聞きて、

名にし負はばいざこと問はむ都鳥

の旅だったと思われます。しかし作者にとって大掛かりな旅とは表現したくなかったのです。その辺は文学的想像の世界で解釈してもよいでしょう。

「からころも」の和歌は、枕詞（からころも）序詞（からころもきつつ→なれ）掛詞（慣れと馴れ、妻と褄、はるばると張る）縁語（から衣・着つつ・慣れ・張る）を用い、また各句の上にか・き・つ・は・たの文字を据えた折句になっています。かきつばたの風情と旅の気持ちをうまく表現し、また修辞の限りを尽くして詠んでいます。それも嫌味が無く、素直でおおらかな作品となっています。ユーモアと遊び心もあり、精神的余裕も感じられます。

「駿河なる」の歌は「その人の御もとに」とあり、相手は身分の高い女性を連想させますが、歌の中では人（あなた）とあるので誰と断定はできません。当時、人の夢を見ると、その人が自分を思ってくれたと考える習慣があり、あなたは私を思っていないのですね、という軽い戯れで、うらみの気持ちを表現しています。都を遠く離れた寂しさが感じられます。

「名にし負はば」の歌は、日暮れのわびしさに加えて川を渡り京からますます遠くなって、京の人がどうしているか気になります。都へのどうしようもない未練の気持ちは、同行者一同同じでした。舟に乗っている一行は皆、歌のうまさだけでなく、感じ入って泣いたのでした。

　また、この段は情と景をうまく兼ね備えたすばらしい文学作品になっていると思います。後に『杜若』『隅田川』などの謡曲にも取り入れられました。この文の作者は業平以外には考えられないように思います。『古今集』の中でも一番長い詞書で採用されています。そこには、歌物語に発展する物語性があります。

わが思ふ人はありやなしやと
とよめりければ、舟こぞりて泣きにけり。

❖第十段

むかし、男、武蔵の国までまどひありきけり。さて、その国にある女をよばひけり。父はこと人にあはせむと言ひけるを、母なむ、あてなる人に心つけたりける。父はなほ人にて、母なむ藤原なりける。さてなむ、あてなる人にと思ひける。このむこがねによみておこせたりける。住む所なむ、入間の郡、みよし野の里なりける。

みよし野のたのむの雁もひたぶるに
君が方にぞ寄ると鳴くなる

むこがね、返し、

現代語訳

昔、男が武蔵の国まであてもなく歩いて行きました。

さて、男はその国に住んでいる女に求愛しました。女の父は別の男と結婚させようと言っていたのですが、母は高貴な人にと心掛けていました。父は普通の身分の人でしたが、母は藤原氏出身でした。それで身分の高い人に、と思っていたのでした。親の立場からこの娘婿に歌を詠んでよこしました。この親子の住む所は入間の郡みよし野の里でした。

みよし野のたのむの雁もひたぶるに　君が方にぞ寄ると鳴くなる（三芳野の田の面の雁も一途にあなたを頼って身を寄せようと鳴いているのが聞こえます。私の娘もあなたを頼りたい気持ちのようです）

娘婿が返歌をしました。

わが方に寄ると鳴くなるみよし野のたのむの雁を　いつか忘れむ（私を夫として頼ろうと鳴いているというその三芳野の頼むの雁をいつ忘れることがありましょう。いつまでも忘れはしません）

と、詠みました。よその国に来ても、やはりこのような、男の風流好みはやみませんでした。

解説

藤原氏の流れを汲み都の文化を知る母親は、男が都人というだけで娘の婿はこの都人をと考えたのでした。母と男の歌のやり取りは田舎を舞台に二人だけに通じる

わが方に寄ると鳴くなるみよし野の
たのむの雁をいつか忘れむ
となむ。人の国にても、なほかかること
なむやまざりける。

「みやび交わし」といえるでしょう。しかし東歌風の母の思いのこもった歌に対して、男の返歌は少しそっけないようです。それは、業平と藤原氏との関係もあるのでしょうか。

❖第十一段

むかし、男、あづまへ行きけるに、友だちどもに道より言ひおこせける、
忘るなよほどは雲居になりぬとも
空行く月のめぐりあふまで

現代語訳

昔、男が、あづまへ行きました。数人の友達のもとに旅の途中から歌を詠んでよこしました。

忘るなよ　ほどは雲居になりぬとも空行く月のめぐりあふまで（あなた方から雲ほどに遠くなったとしても空行く月がまた帰ってくるように、再びめぐり合う時まで私を忘れないで下さい）

解説

この歌は『拾遺集』に橘忠幹の歌として載っています。京都から遠く離れた悲しみの歌ですが、業平と同じ気持ちの歌として『伊勢物語』の中に組み込まれたのかもしれません。

❖第十二段

むかし、男ありけり。人のむすめを盗みて、武蔵野へ率て行くほどに、盗人なりければ、国の守にからめられにけ

現代語訳

昔、男がおりました。他家の娘を盗んで武蔵野へ連れて行ったところ、人の娘を盗んだ盗人なので、女親が国守に訴えて、その国の守に捕まえられてしまいました。男は草むらの中に女を置いて逃げたので、通り来る人が「この野には盗人がいるそうだ」と言って火をつけようとしました。女は困って、

り。女をば草むらの中に置きて、逃げにけり。道来る人、「この野は盗人あなり」とて、火つけむとす。女、わびて、

武蔵野は今日はな焼きそ若草の
　つまもこもれりわれもこもれり

とよみけるを聞きて、女をばとりて、ともに率ていにけり。

武蔵野は今日はな焼きそ　若草のつまもこもれり　われもこもれり（武蔵野は今日は草焼きをしないで下さい。夫も隠れているし、私も隠れているのですから）

と、詠んだのを聞いて、男は女の手を取って、ともに連れ立って逃げて行ったのでした。

解説

この段の結末は、二通りの解釈が考えられます。駆け落ちして捕まり、連れ戻されると解釈すれば、六段と同じ趣向になりますが、ここでは、女の歌のうまさに感動した男が、再び女を連れて行ったと解釈したいと思います。

この歌は、『古今集』に

春日野はけふはな焼きそ　わか草のつまもこもれり　我もこもれり

と、早春の野焼きの頃の遊びを楽しむ男の歌として載っています。明らかに『古今集』が先で『伊勢物語』は後だと思われます。東下りにふさわしく作り変えられたのでしょう。素朴で健康的ではつらつとした人間像が浮かんできます。昔は歌を作ると声を出して詠んだ、歌の風習と結びついた話として作られたようです。

❖第十三段

むかし、武蔵なる男、京なる女のもとに、「聞ゆれば恥づかし。聞えねば苦し」と書きて、うはがきに、「武蔵鐙」と書きておこせてのち、音もせずなりにければ、京より、女、

武蔵鐙さすがにかけて頼むには

現代語訳

昔、武蔵に住みついた男が、京にいる女のもとに「お便りすれば恥ずかしい。お便りしなければ苦しい」と書いて、上書きには「武蔵鐙（あぶみ）」と書いてよこしてから後は音信不通になってしまったので、京より女からの

武蔵鐙さすがにかけて頼むには　問はぬもつらし　問ふもうるさし（武蔵で妻を持たれたようですが、やはりあなたを心にかけて頼っている私としては、お便りがないのはつらいし、お便りがあってもいやだし、複雑な気持ちです）

という便りを見て、男は、武蔵で妻を持ち住みついた自分が、もう都人ではなくなったことを思い、耐えがたいつらい気持ちになったのでした。そして、

問はぬもつらし問ふもうるさし

とあるを見てなむ、たへがたき心地しける。

問へば言ふ問はねば恨む武蔵鐙
かかるをりにや人は死ぬらむ

問へば言ふ問はねば恨む武蔵鐙かかるをりにや人は死ぬらむ（便りをすれば「うるさい」と言うし、便りをしなければ「つらい」と恨むし、どうすればよいのか、こんな時に人は死ぬのだろうか）

という歌を詠んだのでした。

解説

男の手紙は、婉曲な言い回しで武蔵で妻を持ったことを知らせて男の実直さを示し、女の歌は、妻として真実で従順な心を見ることができます。鐙は、足踏み、鞍の両脇に垂らして足を踏みかけるものですが、その鐙の端に刺鉄（留め金）をつけたことから、和歌では「さすが」に掛けて用います。鐙・さすが・かけてが縁語になります。「武蔵鐙」は、武蔵から差し上げた文と武蔵で逢ふ身の意で掛詞になります。

二人の歌のやり取りは、男と女の心理、人間の微妙な心を表現しています。一編の物語のような感じさえします。男のみやび心の複雑さを示しています。

この段は『源氏物語』の須磨・明石の巻と似ています。都との手紙のやり取りで着想が似ています。紫式部はこの段から着想を得たとも考えられます。

❖第十四段

むかし、男、陸奥にすずろに行きいたりにけり。そこなる女、京の人はめづらかにやおぼえけむ、せちに思へる心なむありける。さて、かの女、

なかなかに恋に死なずは桑子にぞ
なるべかりける玉の緒ばかり

歌さへぞひなびたりける。さすがにあは

現代語訳

昔、男が陸奥にあてもなく行き着きました。そこにいる女は京の人が珍しく思ったのでしょうか、ひたすら思いを寄せるのでした。さて、この女が

なかなかに恋に死なずは桑子にぞなるべかりける　玉の緒ばかり（なまじっか恋こがれて死ぬよりは、短い命のある間夫婦仲がよいという蚕にでもなった方がましでしたよ）

歌までもひなびていたのでした。それでもやはり気の毒と思ったのでしょうか、女のもとに行って寝たのでした。夜遅く女の家を出たところ、女は

夜も明けばきつにはめなで　くたかけのまだきに鳴きてせなをやりつる（夜が明けたら水槽にぶち込まずにおくものか。鶏めが早すぎる時刻に鳴いて、あの

れとや思ひけむ、行きて寝にけり。夜深くいでにければ、女、

夜も明けばきつにはめなでくたかけの
まだきに鳴きてせなをやりつる

と言へるに、男、「京へなむまかる」とて、

栗原のあれはの松の人ならば
都のつとにいざといはましを

と言へりければ、よろこぼひて、「思ひけらし」とぞ言ひをりける。

方を帰らせてしまったよ）

と言ったので、その後男は「おいとまして京へ帰ります」と言い、

栗原のあれはの松の人ならば都のつとにいざといはましを（栗原の姉歯の松が人であるなら、私と一緒に都へと誘いたいが、そうもいかないのが残念です）

と詠んだので、女は喜んじゃって「あの人は私のことを思っているらしい」と折に触れ言っていたということです。

解説

『万葉集』に

なかなかに人とあらずは桑子にもならましものを　玉の緒ばかり

という素朴でひなびた感じの歌があります。その歌を基に作り変えたのかもしれません。その女の歌に対する男の歌は、どんな女にもあいさつする男としての儀礼の歌だったようです。女は本心と思い喜ぶ単純さ。そこに都人と田舎人との間に抜き差しがたい差別意識も感じられます。

❖第十五段

むかしみちのくにてなてふことな
き人のめにかよひけるにあやしう
さやうにてあるへき女ともあらす
見えけれは

現代語訳

昔、陸奥で、格別取り得もない人の妻になっている人の所に、男が通っていました。どうもあのような境遇にいるべき女ではないはずだと、男には思えたので

しのぶ山忍びて通ふ道もがな　人の心の奥も見るべく（しのぶ山というように忍んで通う道がほしいものです。あなたの心の奥まで見ることができるように）

女は限りなくすばらしいと思ったが、返歌もままならずもののあわれを解しない田舎人の心を見られたら、どうしようもないと思ったのでした。

しのぶ山しのびてかよふ道もがな
人の心のおくも見るべく
女かぎりなくめでたしとおもへど
さるさがなきえびす心を見
てはいかがはせんは

❖第十六段

むかし、紀有常といふ人ありけり。三代の帝に仕うまつりて、時にあひけれど、のちは世かはり時移りにければ、世の常の人のごともあらず。人がらは、心うつくしく、あてはかなることを好みて、こと人にも似ず。貧しく経ても、なほ、むかしよかりし時の心ながら、世の常のことも知らず。年ごろあひ馴れたる妻、やうやう床離れて、つひに尼になりて、姉のさきだちてなりたる所へ行く

解説

この段は、陸奥への、田舎者の心への軽蔑と否定をしています。それでも男は陸奥の女に「みやび交わし」を期待して歌を贈りました。しかし案の定、女は喜んだのですが、その心を歌で表現することはできませんでした。みやび（洗練された感受性）の交流はなかったのでした。

現代語訳

昔、紀有常という人がおりました。仁明・文徳・清和三代の帝にお仕えして羽振りもよかったのですが、後は帝も変わり時勢が変わったので、暮らしも世間並み以下になってしまいました。人柄は素直な心を持ち、高尚優美なことを好み、他の俗人のようではありませんでした。貧しく生活していても、昔裕福だった時の心そのままで世間のことには疎かったのでした。長年寄り添い暮らした妻と次第に離別状態になり、妻はとうとう尼になって、一足先に尼になって住んでいる姉の所に行ったのでしたが、男の方は本当に仲がよいというほどでもなかったが、妻がこれでお別れと言って去っていくのを、大そうかわいそうだと思ったけれど、貧しかったので何もしてやることができませんでした。困りきって常日頃親しく付き合っていた友達の所に、「こういうわけで、さよならと去っていくのに、何一つしてやることができずに行かせることが情けなくて」と書いて、手紙の奥に、

手を折りてあひ見しことをかぞふれば　十といひつつ四つは経にけり（指を折って妻と暮らした生活を数えてみると四十年も経っていたのでした）

かの友達はこれをみて本当にあわれだと思って、衣はもちろん夜具まで贈って歌を詠みました。

を、男、まことにむつましきことこそなかりけれ、今はと行くをいとあはれと思ひけれど、貧しければ、するわざもなかりけり。思ひわびて、ねむごろにあひ語らひける友だちのもとに、「かうかう、今はとてまかるを、なにごともいささかなることもえせで、つかはすこと」と書きて、奥に、

手を折りてあひ見しことをかぞふれば
十といひつつ四つは経にけり

かの友だち、これを見て、いとあはれと思ひて、夜のものまでおくりて、よめる、

年だにも十とて四つは経にけるを
いくたび君を頼み来ぬらむ

かく言ひやりたりければ、

これやこの天の羽衣むべしこそ
君が御衣と奉りけれ

年だにも十とて四つは経にけるを　いくたび君を頼み来ぬらむ（どんどん過ぎていく年月でさえ四十年は過ぎたのに、その間あなたの妻は何かある度に何度あなたを頼りに思って生きてこられたことでしょう）

こう言いやったところ、その手紙を受けとった有常は、

これやこの天の羽衣　むべしこそ君が御衣（みけし）と奉りけれ（これが本当の尼の羽衣なのですね。なるほど天の羽衣なればこそあなたのお召し物として身に着けておられたのですね。妻の尼装束にぴったりでありがとうございます）

なおも喜びを抑えかねて、重ねて、

秋や来る露やまがふと思ふまで　あるは涙の降るにぞありける（秋が来て本当に露が結んだのか、それとも露が間違えて季節はずれに結んだのか、と思えるほど私の喜びの涙が降るのでしたよ）

解説

この段には実在の人物が登場します。紀有常です。『文徳実録』には性格は清く落ち着きがあり、堂々として立派な雰囲気のある人と書かれています。業平より十歳年長でした。実際にはそれほど生活に困ったとは思われませんが、「みやび」を主張するための虚構だったかもしれません。現実を写すのではなく他段での東下りや惟喬（これたか）親王のように挫折した人を美しく描くためでした。挫折した人の心の「みやび」、そして業平の友達に対する行き届いた心配り、その洗練された心が「みやび」なのです。

ちなみに有常の娘は業平の妻でした。また、有常の妻は藤原北家の冬嗣の姉妹という説もあります。

よろこびにたへで、また、
秋や来る露やまがふと思ふまで
あるは涙の降るにぞありける

❖第十七段

年ごろおとづれざりける人の、桜のさかりに見に来たりければ、あるじ、
あだなりと名にこそ立てれ桜花
年にまれなる人も待ちけり

返し、
今日来ずは明日は雪とぞ降りなまし
消えずはありとも花と見ましや

現代語訳

常日頃一向に訪ねて来なかった人が、桜の盛りの時に見に来たので、その家のあるじが

あだなりと名にこそ立てれ桜花　年にまれなる人も待ちけり（真心がないといわれている桜の花ですが、一年に稀にしか来られない人をこうして散らずに待っていましたよ）

返しは

今日来ずは明日は雪とぞ降りなまし　消えずはありとも花と見ましや（今日訪ねて来なかったら、明日はこの桜も雪が降るように散ってしまうことでしょう。たとえ雪のように消え去ることはなくても、散った後は花として愛でることができましょうか）

解説

古くからの親しい友人同士の、軽妙でどちらもちょっと皮肉交じりの歌のやり取りです。詞のやり取りとしては、どちらも洗練されていますね。

❖第十八段

むかし、なま心ある女ありけり。男、近うありけり。女、歌よむ人なりければ、心見むとて、菊の花の移ろへるを折りて、男のもとへやる、

くれなゐににほふはいづら白雪の
　枝もとををに降るかとも見ゆ

男、知らずよみによみける、

くれなゐににほふがうへの白菊は
　折りける人の袖かとも見ゆ

現代語訳

昔、生半可な風流心のある女がおりました。男がその女の近くに住んでいました。女は歌を詠む人だったので、男の心を試そうと、菊の花で色のあせたのを折って男のもとに贈りました。

くれなゐににほふはいづら　白雪の枝もとををに降るかとも見ゆ（紅に照り映えるというその色はどこにあるのでしょう。この菊は白雪が枝もたわむばかりに降り積もっているように真っ白に見えますね。あなたは色好みだと聞きますが、一向にそれらしい節もありませんね）

男は歌の気持ちがわからない振りをして返歌しました。

くれなゐににほふがうへの白菊は　折りける人の袖かとも見ゆ（紅に照り映えしている色を上から隠すかのように白い白菊は、これを折ったあなたの袖の重ねの色に見えますね。先だけ赤い白菊を、女の重ね着の袖口に見立て、白い上着の袖から赤い下重ねの見えるあなたこそ下には好色の心があるのでしょう）

解説

歌の贈答のあり方が見えます。贈歌の一部を用いて返歌を作っています。

ここではなま心の女が登場します。なま心は都人が最も嫌う「えせみやび」です。真実を求める人間の心にあこがれを持つ「みやび心」とは正反対です。男は「えせみやび」と察しましたが、「みやび心」を持つ男でしたので、無視せず返歌しました。首尾念入りに言葉を合わせ、ちょっとわざとらしい返歌をしたのでした。『源氏物語』の光源氏も女性にあこがれを持つ、すなわち「みやび心」を持つ男性でした。

❖第十九段

むかし、男、宮仕へしける女の方に、御達なりける人をあひ知りたりける、ほどもなく離れにけり。同じ所なれば、女の目には見ゆるものから、男は、あるものかとも思ひたらず。女、

天雲のよそにも人のなりゆくか
さすがに目には見ゆるものから

とよめりければ、男、返し、

天雲のよそにのみして経ることは
わがゐる山の風はやみなり

とよめりけるは、また男ある人となむいひける。

現代語訳

昔、男が、宮仕えしていた女の人の所で共に仕えていた女房と関係がありましたが、二人は間もなく別れてしまいました。仕えている所が同じでしたので、女には男のことが目につくものの、男の方は女がそこにいるかさえ考えませんでした。女が歌を贈ってきました。

天雲のよそにも人のなりゆくか　さすがに目には見ゆるものから（天の雲のようにあなたはよそよそしくなっていくのですね。遠のきながらも雲のように目には見えるのに。恨みたくもなりますよ）

と詠んでいたので、男は返歌しました。

天雲のよそにのみして経ることは　わがゐる山の風はやみなり（天の雲がよそよそしい態度ばかり取り続けているのは、雲自身のいるべき山の風が速いからです。他の男がいるあなたの方に原因があるのですよ）

と詠んだのは、他にも通っている男がいる人だということです。

解説

『古今集』にも似たような歌のやり取りが載っていますが、少し陰湿でいやがらせの雰囲気です。この『伊勢物語』ではみやび心にあるまじき態度は捨てています。

❖第二十段

むかし、男、大和にある女を見て、よばひてあひにけり。さてほど経て、宮仕

現代語訳

昔、男がおりました。大和に住む女を見て、求愛して通うようになりました。さてかなり通い続けて、男は宮仕えする人だったので、大和から都へ帰ってくる途中、三月頃だったので、かえでの赤い若葉が大そう風情があるのを折って女のもと

へする人なりければ、帰り来る道に、弥生ばかりに、かへでの紅葉のいとおもしろきを折りて、女のもとに道より言ひやる、

君がため手折れる枝は春ながら
　かくこそ秋の紅葉しにけれ

とてやりたりければ、返りことは京に来着きてなむ持て来たりける。

いつのまに移ろふ色のつきぬらむ
　君が里には春なかるらし

❖第二十一段

むかし、男、女、いとかしこく思ひかはして、こと心なかりけり。さるを、いかなることかありけむ、いささかなることにつけて、世の中を憂しと思ひて、いでていなむと思ひて、かかる歌をなむ、よみて、ものに書きつけける。

に歌を贈りました。

君がため手折れる枝は春ながら　かくこそ秋の紅葉しにけれ（あなたのために私が折ったこの楓の枝は、春なのにこんなに秋のように紅葉しています）

と言ってやったところ、女からの返事は、男が京に到着した時持って来たのでした。

いつのまに移ろふ色のつきぬらむ　君が里には春なかるらし（この楓はいつの間に色変わりしたのでしょうか。あなたの里には春はなくて秋（厭き）ばかりのようですね）

解説

この段の男女の歌のやり取りは、おっとりした昔物語の中にあるなにげないリアルさに魅力があります。男の歌は「あなたへの愛はこれほどですよ」と自分の愛を誓い、女の歌は男が京に着いた途端、届いたというほど早い返歌でした。それも手渡すタイミングを考え、ちょっとすねて自分の愛を示すという京の外にいる女が男と対等に返答した巧みな歌でした。

現代語訳

昔、男と女が心から愛し合い、どちらも浮気心はありませんでした。それなのに、どんなことがあったのでしょうか、些細なことが原因で、女は世の中をいやなものと思い、家を出ていこうとして、このような歌を詠んで物に書き付けたのでした。

いでていなば心かるしと言ひやせむ　世のありさまを人は知らねば（私が家を出ていったら世間の人は軽薄だと言うのだろうか。そんなことはありません。私たち夫婦のことは他人にはわからないのですから）

という歌を残して出ていったのでした。女がこのような歌を書き残したのを、「お

いでていなば心かるしと言ひやせむ
　世のありさまを人は知らねば

とよみおきて、いでていにけり。この女かく書き置きたるを、けしう、心置くべきこともおぼえぬを、なにによりてかかからむと、いといたう泣きて、いづ方に求め行かむと門にいでて、と見かう見、見けれど、いづこをはかりともおぼえざりければ、帰り入りて、

思ふかひなき世なりけり年月を
　あだに契りてわれや住まひし

と言ひてながめをり。

人はいさ思ひやすらむ玉かづら
　おもかげにのみいとど見えつつ

この女、いと久しくありて、念じわびてにやありけむ、言ひおこせたる、

今はとて忘るる草のたねをだに
　人の心にまかせずもがな

かしい、女が心を隔てるような覚えもないが、何でこうなったのか」と大そう泣いて、どの方角に探しにいけばよいかと、門に出てあちこち見回して、どこを目当てに女は出ていったのか覚えもなかったので、家に戻って

思ふかひなき世なりけり　年月をあだに契りてわれや住まひし（愛し合っていた甲斐のない女との間柄でしたよ。長い年月をいい加減な心で私は暮らしてきたのでしょうか。そんなことはない。私は真心をもって妻を愛してきたのですから）

と言って思いにふけっていました。

人はいさ思ひやすらむ　玉かづらおもかげにのみいとど見えつつ（あなたはさあどうでしょう。私を思っているでしょうか。幻にばかりしきりにあなたの姿が見えるのですが……）

この女が大分経ってから、返事を出すまいと思ってもがまんしきれなくなったからでしょうか、男に言いよこしました。

今はとて忘るる草のたねをだに人の心にまかせずもがな（もう終わりだと思って私を忘れる忘れ草の種を、あなたの心に蒔かせたくないものです）

男は返しました。

忘れ草植うとだに聞くものならば　思ひけりとは知りもしなまし（私を忘れるための忘れ草を植えている、とだけでも聞いたなら、やはり私を思っていたのだと知りもしましょうが、実際はそうではないのだから、私を思っていたとは考えられません）

それからはこれまで以上に心を込めた歌の贈答をして、男が、

忘るらむと思ふ心のうたがひに　ありしよりけにものぞかなしき（今はもうすっかり私を忘れているだろうと思う疑いの心から、いつ別れるかと思うと、別れた当時よりもいっそうもの悲しいことですよ）

と贈ると、女が返しました。

中空に立ちゐる雲のあともなく　身のはかなくもなりにけるかな（空の中ほど

返し、

忘れ草植うとだに聞くものならば
思ひけりとは知りもしなまし

またまた、ありしよりけに言ひかはして、男、

忘るらむと思ふ心のうたがひに
ありしよりけにものぞかなしき

返し、

中空に立ちゐる雲のあともなく
身のはかなくもなりにけるかな

とは言ひけれど、おのが世々になりにければ、うとくなりにけり。

に立つ雲が跡もなく消え去るように、私の身の上はこれからどうしたらよいのやら、頼りない状態になりました）

とは言ったけれど、各々別の相手と暮らすようになったので、二人の仲は疎遠になってしまいました。

解説

この段では、別れた夫婦がよりを戻しかけるまでを歌のやり取りで表現しています。

「またまた」以下はどうも後人が追加した感じがします。「中空に」の歌がまさに宙に浮いています。

ここでの歌のやり取りを見ると、贈答歌は相手の歌の言葉をつかまえて詠うのが通例であることがわかります。

❖第二十二段

むかし、はかなくて絶えにける仲、なほや忘れざりけむ、女のもとより、

憂きながら人をばえしも忘れねば
かつ恨みつつなほぞ恋しき

現代語訳

昔、縁がなくて絶えてしまった夫婦の仲でしたが、やはり忘れられなかったのでしょう。

女のもとから

憂きながら人をばえしも忘れねば　かつ恨みつつなほぞ恋しき（一緒に暮らした時のあなたを、ひどいと思いながらも忘れることはできないので、一方では

と言へりければ、「さればよ」と言ひて、

男、

あひ見ては心ひとつをかはしまの
水の流れて絶えじとぞ思ふ

とは言ひけれど、その夜いにけり。いにしへ、行く先のことどもなど言ひて、

秋の夜の千夜を一夜になずらへて
八千夜し寝ばや飽く時のあらむ

返し、

秋の夜の千夜を一夜になせりとも
ことば残りて鶏や鳴きなむ

いにしへよりもあはれにてなむ通ひける。

恨みに思いつつやはり恋しく思われます）

と言ってきたので、男は「やっぱり」と言って

あひ見ては心ひとつをかはしまの水の流れて絶えじとぞ思ふ（一旦夫婦となったからにはもっぱら心を交し合って、川の中の島で別れ別れになった水が再び合流していつまでも流れていくように再び仲良く愛し合いたいものです）

と言って、訪問は後日と思っていたけれど、その夜女の家に行ったのでした。今までのこと、これからのことなど語り合って、

秋の夜の千代を一夜になずらへて　八千夜し寝ばや飽く時のあらむ（長い秋の夜の千夜を一夜とみなして、八千夜の間共寝をしたら、その時は満足することもあるのでしょうか）

女の返しは、

秋の夜の千夜を一夜になせりとも　ことば残りて鶏や鳴きなむ（長い秋の夜の千夜を一夜と見なしたとしても、思いを語り尽きぬうちに鶏が鳴いて夜が明けてしまうことでしょう）

以前よりも真心をもって、男は女のもとに通ったのでした。

解説

この段は、別れた夫婦がめでたくよりを戻したお話です。仲が絶えてから男の心深さに気づき、女は男に率直に再縁を望む歌を贈ります。男はその女の心に動かされ、愛を強調した歌を返します。女も男の誇張した言い方に負けまいと応じて、歌を詠みました。

前段と同様、歌のやり取りだけで物語にしようという意識が見られます。

❖第二十三段

むかし、ゐなかわたらひしける人の子ども、井のもとにいでて遊びけるを、大人になりにければ、男も女も恥ぢかはしてありけれど、男はこの女をこそ得めと思ふ、女はこの男をと思ひつつ、親のあはすれども聞かでなむありける。さて、このとなりの男のもとより、かくなむ。

筒井つの井筒にかけしまろがたけ
過ぎにけらしな妹見ざるまに

女、返し、

くらべこしふりわけ髪も肩過ぎぬ
君ならずして誰かあぐべき

など言ひ言ひて、つひに本意のごとくあひにけり。

さて年ごろ経るほどに、女、親なく頼りなくなるままに、もろともにいふかひ

現代語訳

(1)昔、田舎にしばらく住んでいた人の子どもたちが、井戸のそばに出て遊んでいました。

年頃になったので男も女も互いに恥ずかしがっていましたが、男はこの女をぜひとも妻にしたいと思っていました。女はこの男を夫にとずっと思っていたので、親が他の男と結婚させようとしても承知しないでいたのでした。

さて、この隣の男のもとよりこんな歌が贈られてきました。

筒井つの井筒にかけしまろがたけ過ぎにけらしな　妹見ざるまに（筒井を囲う井筒の高さを目指した私の背丈は、あなたに会わないうちに井筒を越してしまいましたよ）

女から返事がきました。

くらべこしふりわけ髪も肩過ぎぬ　君ならずして誰かあぐべき（あなたと長さを比べあってきた振分け髪も、今は肩を越えてしまいましたが、あなた以外の誰のために髪上げをしましょうか）

など言い合って、ついにかねての望み通り結婚したのでした。

(2)さて、何年か経つうちに、女は親が亡くなり生活が楽でなくなったので、二人ともみじめなことになっては困るということで、男は河内の国の高安の郡に新しく通う所ができてしまいました。そうではありましたが、この元の女は不愉快に思う様子もなく、男を送り出すので、男は、女が別の男を愛しているから、こんなに寛大なのかと思い疑って、庭の植え込みの中に隠れて、河内へ出掛けた振りをして様子をみていると、この女は大そうきれいに化粧をして、ぼんやりと物思いにふけって、

風吹けば沖つ白浪龍田山夜半にや君がひとり越ゆらむ（風が吹くと沖の白浪が立つ、その龍田山をこの夜半にあの人は一人で越えて行くのだろうか。夫の身が案じられます）

と、詠んだのを聞いて、この上なくいとしいと思って、それからは河内へは行かな

なくてあらむやはとて、河内の国、高安の郡に、行き通ふ所いできにけり。さりけれど、このもとの女、あしと思へるけしきもなくて、いだしやりければ、男、こと心ありてかかるにやあらむと思ひうたがひて、前栽の中に隠れゐて、河内へいぬるかほにて見れば、この女、いとよう化粧して、うちながめて、

風吹けば沖つ白浪龍田山
　夜半にや君がひとり越ゆらむ

とよみけるを聞きて、かぎりなくかなしと思ひて、河内へも行かずなりにけり。まれまれかの高安に来て見れば、はじめこそ心にくもつくりけれ、今はうちとけて、手づから飯匙とりて笥子のうつはものに盛りけるを見て、心憂がりて行かずなりにけり。

さりければ、かの女、大和の方を見

くなってしまいました。

(3)時たまその高安に男が来てみると、通い始めた当初こそ奥ゆかしく装っていましたが、今はうち解けて心用意もなく、自分でしゃもじを取って食器にご飯を盛ったのを見て、男は嫌気がさし、以後はまったく行かなくなってしまいました。

その後、かの高安の女は男のいる大和の方を見やって

君があたり見つつををらむ　生駒山雲な隠しそ　雨は降るとも（あの人の住む大和の方を見ていよう。雲よ、河内と大和の間にある生駒山を隠さないで下さい。たとえ雨が降っても）

と言って外の方を見ると、やっとのことで男は「来よう」と言ってくれました。喜んで待っていたのですが、何度もそのままむなしく過ぎてしまったので、

君来むと言ひし夜毎に過ぎぬれば　頼まぬものの恋ひつつぞ経る（あなたがいらっしゃると聞いた夜毎にただむなしく過ぎましたので、あなたを頼みとは思わぬものの、やはりお慕いしつつ日を送っています）

と言ったけれど、男が通い続けることはなくなってしまいました。

解説

ここでは、二人の女性について三つの話に分けて描かれています。

(1)の話は井筒のもとで遊び、振分け髪を比べあった男女が幼い愛をあたためて成人し、そして結ばれる清らかな話です。叙事的な美しさを持つ構成でもあります。

(2)の話は、筒井筒の仲で結ばれた女を描いています。嫉妬せず、かえって夫の身を案ずる寛い心の持ち主です。男の不在時にも身だしなみを忘れない、心用意のある女性です。そして堂々と愛に生きている心栄えのすぐれた女性として描かれています。当時の「みやび」心にぴったりの理想の女性像です。

(3)の話は、前の話の女とは対照的な女性の話です。高安に住み、化粧もせず自分で飯を盛るようなうち解けすぎる態度の女です。初めは優雅に奥ゆかしく振舞っていましたが、油断する浅はかな女性として描いています。それは現代にも通じる親しみやすい女性だと思います。しかし、「みやび」の判定者である男は、当然心栄えの優れた、初恋の女性を選んだというわけです。

この段の話は、男性のみならず女性の心をも打つ感動的な人間賛歌だと思います。

やりて、

　君があたり見つつををらむ生駒山
　　雲な隠しそ雨は降るとも

と言ひて見いだすに、からうして、大和人、「来む」と言へり。よろこびて待つに、たびたび過ぎぬれば、

　君来むと言ひし夜ごとに過ぎぬれば
　　頼まぬものの恋ひつつぞ経る

と言ひけれど、男住まずなりにけり。

❖第二十四段

　むかし、男、かたゐなかに住みけり。男、宮仕へしにとて、別れ惜しみて行きにけるままに、三年来ざりければ、待ちわびたりけるに、いとねむごろに言ひける人に、「今宵あはむ」と契りたりけるに、この男来たりけり。「この戸あけたまへ」とたたきけれど、あけで、歌をな

現代語訳

　昔、男が都にほど近い片田舎に住んでいました。男は宮仕えをするためと言って、女と別れを惜しんで出掛けたまま、三年間帰って来なかったのでした。女は待ちわびた末に、大そう熱心に言い寄っていた別の男に「今晩お会いしましょう」と約束しました。ところがその晩、都に出掛けていたこの男が帰って来たのです。「この戸を開けて下さい」と男は戸を叩きましたが、女は戸を開けないで、歌を詠んで戸外に差し出しました。

　あらたまの年の三年を待ちわびて　ただ今宵こそ新枕すれ（この三年間もの間、あなたを待ちわびて過ごしてまいりましたが、ちょうど今夜新たに結婚することになりました）

と言ってよこしたので、男は

む、よみて、いだしたりける。

あらたまの年の三年を待ちわびて
ただ今宵こそ新枕すれ

と言ひいだしたりければ、

あづさ弓ま弓つき弓年を経て
わがせしがごとうるはしみせよ

と言ひて、いなむとしければ、女、

あづさ弓引けど引かねどむかしより
心は君に寄りにしものを

と言ひけれど、男帰りにけり。女、いとかなしくて、しりに立ちて追ひ行けど、え追ひつかで、清水のある所にふしにけり。そこなりける岩に、およびの血して書きつけける、

あひ思はで離れぬる人をとどめかね
わが身は今ぞ消え果てぬめる

と書きて、そこにいたづらになりにけり。

あづさ弓ま弓つき弓年を経てわがせしがごとうるはしみせよ（年月を重ねて私があなたを愛したように、あなたも新しい夫を愛してあげて下さい）

と言って去っていこうとしたので、女は

あづさ弓引けど引かねどむかしより心は君に寄りにしものを（あなたが私を愛していようとなかろうと、私の心は昔からあなたにぴったり寄り添っておりましたのに）

と言ったけれど、男は帰ってしまいました。女は大そう悲しくてすぐ後から追いかけて行きましたが、追いつくことができず清水のある所に倒れ伏してしまいました。そこにあった岩に指の血で書き付けました。

あひ思はで離れぬる人をとどめかね　わが身は今ぞ消え果てぬめる（お互いに思い合うことができずに、私の身は、今こうして消えてしまいそうです）

と書いて、そこで死んでしまいました。

解説

なんと悲しい女の物語なのでしょう。みやびの世界の女性の理想像でもある、歌の上手な女性で、決して自分の正当性を主張した歌ではなく、驚きと混乱の気持ちを素朴に歌い上げています。そして、女の愛の不変を美しくもあわれにも描いています。男の奔放さに比べて女の愛と生のはかなさに、私たち読者は心を打たれてしまいます。

話の筋は、すでにフィクションの世界を作っています。一体誰が女の岩の上の血書きの歌を読んで伝えたというのでしょう。もはやこれは、想像の世界を超えてフィクションの世界に入り込んでいます。このフィクションの世界は『源氏物語』を導く母体になったに違いありません。

神楽歌に、

弓といへば品なきものを　梓弓真弓槻弓品も求めず（弓といえばどれでも区別はないですよ。梓弓でも真弓でも槻弓でもどれも結構です）

という歌があります。男の歌がこの神楽歌と関係があるとすると、「男なら誰でもよいのですか」という非難の意味が見えてきます。

❖第二十五段

むかし、男ありけり。あはじとも言はざりける女の、さすがなりけるがもとに、言ひやりける、

秋の野に笹分けし朝の袖よりも
あはで寝る夜ぞひちまさりける

色好みなる女、返し、

みるめなきわが身を浦と知らねばや
離れなで海人の足たゆく来る

❖第二十六段

むかし、男、五条わたりなりける女をえ得ずなりにけることと、わびたりける人の返りことに、

現代語訳

昔、男がおりました。逢いませんとも言わず、そうかといって逢おうともしなかった女のもとに、男は歌を詠んでやりました。

秋の野に笹分けし朝の袖よりも　あはで寝る夜ぞひちまさりける（秋の野で笹の上におりた露に袖を濡らして帰った朝帰りの時よりも、逢わないで一人で寝る夜の袖の方が涙で濡れまさっておりますよ）

色好みの女が返歌しました。

みるめなきわが身を浦と知らねばや　離れなで海人の足たゆく来る（お会いする機会を作ろうとしない私の身を私自身恨めしく思っているとはご存知ないからか、あきらめることもなくあなたは足がだるくなるほど通って来られますよ）

解説

この二つの歌は『古今集』恋の部に後朝の別れの朝の歌として、業平の歌、小野小町の歌、と並んで載っています。まったく関係のない歌が並んでいただけで、『伊勢物語』の中では勝手に結び付けて贈答歌としてしまったようです。確かに業平と小町は同時期の人ですが、交渉があったかどうかは不明です。あったと想像するのも楽しいですが。

小野小町は仁明天皇の更衣であったとも言われ、そのサロンで活躍した人です。『伊勢物語』が『古今集』の後に成立したという証明になる段ともいえます。

現代語訳

昔、男がおりました。五条あたりに住んでいた女を手に入れることができなかったですね、と哀れんでくれた友達への返事に歌を詠みました。

おもほえず袖にみなとのさわぐかな　もろこし舟の寄りしばかりに（思いがけ

おもほえず袖にみなとのさわぐかな
もろこし舟の寄りしばかりに

なく袖に港の波が騒ぎ立つよう涙が出ることですよ。愛する女を奪った男のような、異国の思いがけない大きな舟が寄ってきたばかりに）

解説

愛の破綻を嘆く歌ですが、「わびたりける。人の」か「わびたるける人の」かで、意味が違ってきます。含みがあり男の歌か男の友人の歌か、わかりにくい文になっています。女は二条の后を思わせ、「もろこし舟」は意外に大きな舟、すなわち宮中・清和帝を連想します。

❖第二十七段

むかし、男、女のもとに一夜行きて、またも行かずなりにければ、女の手洗ふ所に、貫簀をうちやりて、たらひのかげに見えけるを、みづから、

われればかりもの思ふ人はまたもあらじと
思へば水の下にもありけり

とよむを、来ざりける男立ち聞きて、

水口にわれや見ゆらむかはづさへ
水の下にてもろ声に鳴く

現代語訳

昔、男がおりました。女のもとに一夜行き、二度と行かなくなってしまいました。女が手を洗う所で水のはねかえりを防ぐ貫簀（ぬきす）を脇に置いて、たらいの水に映って見えた姿を見て、独り言のように

われればかりもの思ふ人はまたもあらじと　思へば水の下にもありけり（私ほどもの思いにしずむ人は他にあるまいと思っていたら、水の下にもいたことだよ）

と歌を詠んだのを、通ってくるのをやめた男がたまたま通りすがりに聞いて、

水口にわれや見ゆらむ　かはづさへ水の下にてもろ声に鳴く（水の中に私の姿が見えたのでしょうか。蛙でさえ水の下で声を合わせて鳴くのですから、私もあなたと声を合わせて悲しみに泣いているのですよ）

解説

男の歌は、女の漏らした嘆きに心を動かされて、女の心に応じようとした歌になります。また、庶民の農耕生活と結びついた、素朴でひなびたペーソスを感じさせる歌でもあり、ちょっとユーモラスな感じもします。『伊勢物語』の愛すべき点かもしれません。

❖第二十八段

むかし、色好みなりける女、いでていにければ、

などてかくあふごかたみになりにけむ
水もらさじとむすびしものを

現代語訳

昔、色好みであった女が、家を出ていってしまいましたので、男が歌を詠みました。

などてかくあふごかたみになりにけむ　水もらさじとむすびしものを（どうしてこのように逢うことがむずかしくなったのでしょう。二人の仲は水も漏らさないほど堅く誓い合いましたのに）

解説

この歌は、家を出ていった妻を思う歌というよりも、本来民謡のようなものだったかもしれません。農村生活を彷彿とさせる縁語（あふご・かたみ・水・むすび）や掛詞（逢う期・天秤棒〈おうご〉、難み・籠、契りを結ぶ・編んで結ぶ・手で掬う）などがあります。まだ貴族が土と縁を切っていない素朴な感じもします。そして、多情な女を嘆いた男でしたが、みやびの人、まことの人という男性の理想化も見えてきます。

❖第二十九段

むかし、春宮の女御の御方の花の賀に召しあづけられたりけるに、

花に飽かぬ歎きはいつもせしかども
今日の今宵に似る時はなし

現代語訳

昔、東宮の母である女御の身内の御方の、桜の季節の長寿の賀に召されたので、男は歌を詠みました。

花に飽かぬ嘆きはいつもせしかども　今日の今宵に似る時はなし（いくら見ても見飽きる時がないという桜の花への嘆きは毎年してきたけれども、今日の今宵に似た感慨深いひとときはまだ経験したことがありません）

解説

東宮の女御が二条の后を指すとみると、歌の意味が深くなります。憧れの人に近づけましたが、その切なさも深かったのです。業平の情熱が思われます。昔の恋の思いを后の前で述べたということは、その座にいた人は皆わかったことでしょう。

❖第三十段

むかし、男、はつかなりける女のもとに、

あふことは玉の緒ばかりおもほえて
つらき心の長く見ゆらむ

現代語訳

昔、男がおりました。ほんのちょっと関係のあった女のもとに、

あふことは玉の緒ばかりおもほえて　つらき心の長く見ゆらむ（逢うことはまことに短い間だったと思われて、その後のあなたのつれない心が長く感じることですよ）

解説

あなたの私に対する心は短かったのですが、反対につれない心は長く見えますね、と恨みとも洒落ともとれる言い方をしています。男の片思いの歌ですが、余裕のある男女の関係が感じられます。

以上、二十五段から三十段にかけて、男の片思いの歌が並んでいます。純情・嘆きの共通のイメージです。微妙で繊細な物語のニュアンスが感じられます。そこに、『古今集』とは違った良さが確かにありますし、『万葉集』とも違った陰影の深さがあると思います。

❖第三十一段

むかし、宮のうちにて、ある御達の局の前を渡りけるに、なにのあたにか思ひけむ、「よしや、草葉よ。ならむさが見む」と言ふ。男、

罪もなき人をうけへば忘れ草
おのが上にぞ生ふと言ふなる

現代語訳

昔、宮中である女房の部屋の前を通った時に、女房が何を恨みに思ったのでしょうか、「まあ草葉よ、これからどうなっていくか見ていましょう。いずれ枯れるでしょう」と、いやみを言いました。それで男が

罪もなき人をうけへば　忘れ草おのが上にぞ生ふと言ふなる（罪も無い人を呪うと、その本人の上に忘れ草が生えるということですよ）

と詠ったのを、ねたむ女もいたのでした。

解説

男が自分自身を「罪もなき」と言ったのは、「あなたにそんなことを言われる筋

と言ふを、ねたむ女もありけり。

合いはない。何も関係はないのだから」という取り方と、「今もあなたを思っているのですよ」という二つの取り方があります。後者の解釈で、あんな女にそんな歌を返すなんて、と不機嫌になる女もいたということなのでしょう。

❖第三十二段

むかし、もの言ひける女に、年ごろありて、

いにしへのしづのをだまきくりかへしむかしを今になすよしもがな

と言へりけれど、なにとも思はずやありけむ。

現代語訳

昔、言い寄ったことのある女に、何年も経ってから

いにしへのしづのをだまきくりかへし　むかしを今になすよしもがな（昔の倭文織りの糸巻きのようにくりかえして、昔を今に戻す道はないものでしょうか）

と男が言ってやったけれど、女は何とも思わなかったのでしょうか、返事もよこしませんでした。

解説

これは、おそらく女は男に見切りをつけて返事をしなかったのでしょう。男は自分の心長さを訴えて詠んだのですが、以前女を裏切ったことがあったのかもしれません。

❖第三十三段

むかしをとこ津の国むはらのこほりに
かよひける女このたひいきては又は
こしと思へるけしきなれはをとこ
哥　あしへよりみちくるしほのいやましに

現代語訳

昔、男が摂津の国菟原の郡に通っていた女がおりました。その女は、今度男が京へ帰ったらもう二度と戻ってこないだろうと、思い込んでいる様子なので、男は歌を贈りました。

蘆辺より満ち来る潮のいやましに君に心を思ひますかな（葦の生えている岸辺から満ちてくる潮が次第に増すように、ますますあなたに思いが募ることです）

女 返し

こもりえに思ふ心をいかでかは
舟さすさをのさしてしるべき

ゐなか人の事にては よしやあしや

女からの返し

こもり江に思ふ心をいかでかは舟さす棹のさして知るべき（人目につかない入り江のように人知れず思う心を、どうして舟を進める棹なんかで指し示してそれと知ることができましょうか）

田舎人の歌としては上出来ではないでしょうか、どうでしょうか。

解説

摂津の国菟原（むばら）の郡は業平の所領地でした。業平の、事実と思われることを踏まえた、味のある段になっています。これは、物語作者の作意とも言えるでしょう。

最後の「田舎人の」は作者の批評の言葉です。作者は田舎人を軽んじていますが、慰めを拒否した女の歌を誉めているようです。

❖第三十四段

むかし、をとこ、つれなかりける人のもとに

いへばえにいはねば胸にさわがれて
心ひとつになげくころかな

おもなくていへるなるべし

現代語訳

昔、男が自分に冷淡だった人のもとに歌を贈りました。

言へばえに言はねば胸にさわがれて　心ひとつに嘆くころかな（口に出して言うとうまく言えず、言わずにいると、どうしても思いが胸に騒ぎ、心の中で嘆くということしかできないこの頃です）

恥ずかしげもなく詠んだものなのでしょう。

解説

作者の評語である「おもなくて」は恥も外聞もない男の態度を「臆面もなく」と評したのです。苦々しいというよりあきれています。この「おもなくて」は別の説もあり、「おもひ〳〵て」思い思いてと読むべきだろうとしています。そのように読むと、つれないことはわかっているが、勇気を出して思い切って言ったのであろうということになります。男の心深さを立派なものとして解釈したといえます。そうだとすると、軽いけれど含みがあり、あわれある小さな物語になります。

第三十五段

むかし、心にもあらで絶えたる人のもとに、

玉の緒を沫緒によりてむすべれば
絶えてののちもあはむとぞ思ふ

現代語訳

昔、不本意ながら関係の絶えてしまった女のもとに歌を贈りました。

玉の緒を沫緒によりてむすべれば　絶えてののちもあはむとぞ思ふ（玉を連ねる紐を沫緒縒り（あわおよ）に縒って結ぶように二人の契りは堅く結んであるから一旦関係が絶えた後も必ず逢う機会があると思っています）

解説

この段は、実は『万葉集』巻四　紀郎女が大伴宿祢家持に贈った二首のうちの一首

玉の緒を沫緒に縒りて結べればありて後にも逢はざらめやも（763）

を改作したものと思われます。紀郎女は紀朝臣鹿人の娘で名を小鹿と言い、安貴王の妻となりましたが、王の失脚後、大伴家持に接近したようです。その歌をこの段では、男が女に贈った歌として男の心長さを伝える話として載せています。

第三十六段

むかし、「忘れぬるなめり」と問ひごとしける女のもとに、

谷せばみ峰まではへる玉かづら
絶えむと人にわが思はなくに

現代語訳

昔、「私を忘れてしまったのですね」と問いかけた女のもとに、男が歌を贈りました。

谷せばみ峰まではへる玉かづら絶えむと人にわが思はなくに（谷が狭いので峰まで長く延びている玉かづらのように長く付き合って、あなたと仲違いしようとは思いもしないことでしたのに）

解説

『万葉集』巻十四　相聞　にある

谷狭み峰に延ひたる玉かづら　絶えむの心我が思はなくに（3507）

の歌を使って作られた小段の一つです。『万葉集』ではおおらかで民謡調の歌ですが、『伊勢物語』では心配りはあるとしても、理屈で筋を通そうとする感じになっています。

❖第三十七段

むかし、男、色好みなりける女にあへりけり。うしろめたくや思ひけむ、

　われならで下紐解くなあさがほの
　　夕影待たぬ花にはありとも

返し、

　ふたりしてむすびし紐をひとりして
　　あひ見るまでは解かじとぞ思ふ

現代語訳

昔、男が恋の思いがよくわかる女と親しくなりました。色好みの女なので気がかりになったのでしょうか、男は歌を贈りました。

われならで下紐解くな　あさがほの夕影待たぬ花にはありとも（私のためでなくては下紐を解かないように頼みます。あなたが夕日を待たずに移ろう朝顔のごとくはかなく頼みがたい人だとしても）

返しの歌です。

ふたりしてむすびし紐をひとりしてあひ見るまでは解かじとぞ思ふ（あなたと二人で結んだ紐を、あなたと再び逢うまでは私ひとりで解くようなことはするまいと思っています）

解説

この返しの女の歌も『万葉集』の巻十二に載っている、

二人して結びし紐をひとりして我は解き見じ　直に逢ふまでは（２９１９）

この歌とイメージが似ています。この場合、万葉集の方は調子の強い決意を示す歌ですが、『伊勢物語』の方は緩やかな調子の歌になっています。

❖第三十八段

むかし、紀の有常がり行きたるに、ありきて遅く来けるに、よみてやりける、

君により思ひならひぬ世の中の
人はこれをや恋と言ふらむ

返し、

ならはねば世の人ごとになにをかも
恋とは言ふと問ひしわれしも

現代語訳

昔、紀の有常のもとへ行ったところが、外出していてなかなか帰って来なかったので、歌を詠んでやりました。

君により思ひならひぬ　世の中の人はこれをや恋と言ふらむ（あなたのお蔭で体験することができました。世間ではこのような感情を恋というのでしょう）

返しがありました。

ならはねば世の人ごとになにをかも恋とは言ふ　と問ひしわれしも（私は経験がないので世間の人をつかまえては、何を恋と呼ぶのか尋ねてきましたが、その私の方こそあなたのお蔭で今わかりましたよ。恋にかけてはあなたにかないません）

解説

この段でははっきりしない点があります。それは、男は有常に逢えたのかどうか、逢えないで歌を贈ったのだろうか、それとも夜遅く逢って翌朝歌を詠んだのだろうか、ということです。逢ったとすれば後朝のような格好なので、男同士で恋の気持ちを味わい戯れたのでしょうか。同性愛ではなく、有常と業平との強い友情が恋の気持ちを連想したのでしょう。この友情もみやびの心の一端を示しています。

❖第三十九段

むかし、西院の帝と申す帝おはしましけり。その帝のみこ、たかい子と申すいまそかりけり。そのみこうせ給（ひ）

現代語訳

昔、西院の帝と申し上げる帝（淳和帝）がいらっしゃいました。その帝の内親王で崇子と申す方がいらっしゃいました。その方がお亡くなりになって、御葬送の夜、その崇子様のお邸の隣に住んでいた男が、御葬送のお見送りをしようと思い、女車に同乗して出発しました。随分長い間霊柩車が出ておいでにならないので、泣いただけで見送りをあきらめかけた時、天下の風流人源至という人も見送りに来て

て、御葬の夜、その宮のとなりなりける男、御葬見むとて、女車にあひ乗りていでたりけり。いと久しう率ていで奉らず、うち泣きてやみぬべかりけるあひだに、天の下の色好み源の至といふ人、これもの見るに、この車を女車と見て、寄り来て、とかくなまめくあひだに、かの至、螢をとりて女の車に入れたりけるを、車なりける人、この螢のともす火にや見ゆらむ、ともし消ちなむずるとて、乗れる男のよめる、

いでていなばかぎりなるべみともし消ち
　年経ぬるかと泣く声を聞け

かの至、返し、

いとあはれ泣くぞ聞ゆるともし消ち
　消ゆるものともわれは知らずな

天の下の色好みの歌にては、なほぞありける。

いたが、男の乗っているこの車を女車とみて寄ってきて、何やかや懸想のそぶりを示すうちに、かの至が蛍を取って女の車に入れたので、車に乗っていた女が、この蛍の点す灯に男の姿が透けて見えるかもしれないから、消してしまおうというので、乗っていた男が女の気持ちで歌を詠みました。

いでていなばかぎりなるべみともし消ち　年経ぬるかと　泣く声を聞け（柩が出ていきましたら、それがこの世での皇女の最後だから、蛍の灯など消して、十九歳の若さでおいたわしい、と皆が泣く声を静かに聞くのがよろしいでしょう）

かの至が返しの歌を詠みました。

いとあはれ　泣くぞ聞ゆる　ともし消ち消ゆるものともわれは知らずな（本当においたわしい。皆の泣くのもよく聞こえます。ただ蛍の灯を消そうにも本当に消えるかどうか私は知りませんよ。人は死んでも思いの灯まで消えるかどうかわかりませんからね）

天下の色好みの歌としては、今ひとつでした。

至は順の祖父に当たります。崇子内親王の御葬送にはふさわしからぬ振舞でした。

解説

最後の文章は作者の評語です。至は順の祖父である、と解説したのは物語に直接登場しない子孫の名があげられた珍しい例です。『伊勢物語』の成立に源順が関係していたのでしょうか。順の代までは『伊勢物語』の成立事情の記憶があったのかもしれません。源至は業平より十歳年長でした。順は『後撰集』の撰集に参加した人です。

また、この段から連想されるのは、源融です。「みこの本意なし」の意を「源融は皇子になる意志があったが、源至は皇子になる気はなかった」ととる説があります。実際陽成帝の次の帝を決める時、融はその意志を表明しているのです。しかし、藤原基経の意向で五十五歳の時康親王（光孝帝）に決定し、源融と同様在原行平の孫貞数親王も希望はなくなったのでした。源融は、初段でもみやびの歌のモデルとして登場します。そして、業平の兄の行平とも親交があり、業平の仲間たちのパトロンだったともいわれています。血筋、経済力もあり、風流人の代表でした。

至は順が祖父なり。みこの本意なし。

❖第四十段

むかし、若き男、けしうはあらぬ女を思ひけり。さかしらする親ありて、思ひもぞつくとて、この女をほかへ追ひやらむとす。さこそいへ、まだ追ひやらず。人の子なれば、まだ心いきほひなかりければ、とどむるいきほひなし。女もいやしければ、すまふ力なし。さるあひだに、思ひはいやまさりにまさる。にはかに、親、この女を追ひうつ。男、血の涙を流せども、とどむるよしなし。率ていでていぬ。男、泣く泣くよめる、

　いでていなば誰か別れのかたからむ
　　ありしにまさる今日はかなしも

とよみて絶え入りにけり。親、あわてにけり。なほ思ひてこそ言ひしか、いとか

藤原基経に抑えられて政治への情熱を失い、風流三昧の生活を送ったのでしょう。藤原氏に抑えられた王族、文化人という点で業平一族と共通点もあったのでした。

現代語訳

昔、若い男がそれほど悪くはない女を愛しておりました。余計なことをする親がいて、本気で思い込んだら大変だといって、この女をよそへ追いやろうとしました。そうは言ってもまだ追いやってはいませんでした。男はまだ親がかりの身で、自分の意志を通す力もなかったので、女を引きとどめる気力がありませんでした。女も身分が低くこの家の召使だったので抵抗する力はありませんでした。そうしている間に男の恋心はいよいよ激しく募っていきました。急に親はこの女を追い出しました。男は血の涙を流して悲しみましたが、女を引きとどめる手立てもありませんでした。人が女を連れて出ていきました。男は泣く泣く歌を詠みました。

　いでていなば誰か別れのかたからむ　ありしにまさる今日はかなしも（女が自分で出ていくのなら、誰だってこんなに別れづらくも思わないでしょう。でも無理に別れさせられるのだから、今までの辛さとは比べられぬほどに、今日は悲しいことです）

と詠んで悶絶してしまいました。親はあわてました。もともと息子のためを思って言ったことなのです。まさかこんなことになるとは思っていなかったが、本当に息が絶えてしまったので、うろたえて神仏に願をかけて祈りました。その日の日没の頃、息が絶え、翌日の午後八時頃になってやっと息を吹き返したのでした。昔の人は若者でさえも、このように情熱的な恋の物思いをしたのでした。今の年寄りたちはできるでしょうか。どうでしょうか。

解説

最後の評語には作者の思いがはっきり出ています。一般的な常識として軽薄な若者であり、思慮深い翁でありますが、この段では若者であっても軽薄な色好みではなく、あわれを解した真剣な恋をする心を持つ、今の時代にはない理想的人間像と

くしもあらじと思ふに、真実に絶え入りにければ、まどひて願立てけり。今日のいりあひばかりに絶え入りて、またの日の戌の時ばかりになむ、からうして生きいでたりける。むかしの若人はさる好けるもの思ひをなむしける。今の翁、まさにしなむや。

して描いているのです。

身分違いの恋は『伊勢物語』の中で多いのですが、多くは女の方が身分が高く、この段とは違っています。ここでは庶民の家の出来事のように書かれています。親と子の考え方の違いなど、社会批評とも受け取れます。

文章は助動詞が少なく簡潔で、生き生きと描かれています。それが素朴で荒削りでありながらも、人間の感情の切実さと美しさが感じられるのです。

❖第四十一段

むかし、女はらからふたりありけり。ひとりはいやしき男の貧しき、ひとりはあてなる男持たりけり。いやしき男持たる、師走のつごもりに、上の衣を洗ひて、手づから張りけり。心ざしはいたしけれど、さるいやしきわざもならはざりければ、上の衣の肩を張り破りてけり。せむ方もなくて、ただ泣きに泣きけり。

現代語訳

昔、二人の姉妹がおりました。一人は身分が低くしかも貧しい男を、もう一人は高貴な身分の男を夫に持っていました。身分の低い男と結婚した女は、十二月の大晦日に正月拝賀に着る正装の上着を洗い、自分の手で洗い張りをしたのでした。一生懸命にしたけれど、そのような仕事には慣れていなかったので、上の衣の肩の所を破ってしまいました。それでどうしようもなくて、ただひたすら泣いていたのでした。これをあの高貴な男が聞いて、大そう気の毒に思ったので、六位の者が着用する緑(ろう)そうの立派な上の衣を見つけてやると言って、歌を詠みました。

紫の色濃き時はめもはるに　野なる草木ぞわかれざりける（紫草の色が濃い時は、目のとどくはるか遠くまで野に生えている草木はみな紫草と区別がつきません。妻を愛する心が深い時はその縁者であるあなたのことも他人事とは思われないのです）

武蔵野の歌の心そのものなのでしょう。

これをかのあてなる男聞きて、いと心苦しかりければ、いときよらなる緑衫の上の衣を見いでてやるとて、

紫の色濃き時はめもはるに
野なる草木ぞわかれざりける

武蔵野の心なるべし。

解説

最後の作者の評語「武蔵野の心なるべし」は歌の本質を突いていると思われます。『古今集』に

紫のひともとゆへに　武蔵野の草はみながらあはれとぞみる（８６７）

とあります。これは、『源氏物語』で紫のゆかりの構想をなしたという歌です。

ちなみに『古今集』の次の歌は、

妻のおとうとを持て侍りける人に、袍を贈るとてよみて、遣りける

在原業平

むらさきの色こき時はめもはるに野なる草木ぞわかれざりける（８６８）

となっており、この歌が業平の歌とすると、業平の妻の姉妹は藤原敏行と結婚しており、その関係の連想は膨らんできます。

末流貴族の生活不如意の中のあわれさとともに、縁の繋がる者への情として、業平にみるみやびの精神が、この段のテーマになっていると思われます。

❖第四十二段

むかし、男、色好みと知る知る、女をあひ言へりけり。されど、にくくはたあらざりけり。しばしば行きけれど、なほいとうしろめたく、さりとて、行かではたえあるまじかりけり。なほはたえあらざりける仲なりければ、二日三日ばかりさはることありて、え行かで、かくな

現代語訳

昔、男がおりました。色好みの女と知りながらその女と愛を交わしておりました。色好みとは知りつつも、憎いわけでもないのでした。しばしば通ったけれど、やはりその女の浮気が気がかりだし、それでも行かずにはいられないのでした。かといってそんな中途半端な状態ではおれない仲でしたが、二、三日ほど差支えがあって行くことができないので、こんな歌を詠んで贈ったのでした。

いでて来しあとだにいまだかはらじを　誰が通ひ路と今はなるらむ（私が先日あなたの所から帰ってきた時の足跡もまだ変わってはいないだろうに、誰の通う恋路に今はなっているのでしょうか）

嫉妬の気持ちから詠んだのでした。

む、

いでて来しあとだにいまだかはらじを
　誰が通ひ路と今はなるらむ

ものうたがはしさによめるなりけり。

❖第四十三段

むかし、賀陽の親王と申す親王おはしましけり。その親王、女をおぼしめして、いとかしこう恵み使うたまひけるを、人なまめきてありけるを、われのみと思ひけるを、また人聞きつけて、文やる。ほととぎすの形を書きて、

ほととぎす汝が鳴く里のあまたあれば
　なほうとまれぬ思ふものから

と言へり。この女、けしきをとりて、

名のみ立つしでの田長は今朝ぞ鳴く
　いほりあまたとうとまれぬれば

時は五月になむありける。男、返し、

解説

この段の文章には、はた・なほ・えなど同じ言葉の繰り返しが多く、男の側からの気のもめる気持ち、嫉妬の心を示しています。そして女に対する男の感情の描写がこれほど書かれているのは、『伊勢物語』の中でも珍しいと言えるでしょう。

現代語訳

昔、賀陽の親王と申し上げる親王がいらっしゃいました。その親王がある女を御寵愛になって格別に情をかけて召し使っておられましたが、ある男が色目を使っておりました。その男は自分だけだと思っていたのに、また別の男が女のことを聞きつけて女に手紙を出しました。ほととぎすの姿絵を描いて

ほととぎす　汝が鳴く里のあまたあれば　なほうとまれぬ　思ふものから（ほととぎすよ、お前が来て鳴く里が多いので、お前をかわいいと思うけれどやはりうとましい気持ちになってしまいます）

と詠んだのでした。この女は機嫌をとって

名のみ立つしでの田長は今朝ぞ鳴く　いほりあまたとうとまれぬれば（実際はそうでないのに至る所で鳴くという評判ばかり立つ郭公は、今朝こそ本当に鳴いています。でもそれは住む庵が多いと疎んぜられたためなのです）

時は郭公が鳴き、その声に合わせて田植えが始まる季節、五月でありました。男が返しの歌を詠みました。

いほり多きしでの田長はなほ頼む　わが住む里に声し絶えずは（住む庵の多い郭公ですが、やはり頼りとしましょう。私の住む里に来て鳴くかぎりは。あなたも私との交渉が絶えない限り、やはりあなたを頼りにしましょう）

いほり多きしでの田長はなほ頼む
わが住む里に声し絶えずは

解説

時代を示すために賀陽の親王の話を出したとも考えられます。その当時似たエピソードがあったのかもしれません。事実にところどころ姿を現す虚構は物語化への前段階であることを示しています。

女の如才なさに比べて、男の心のおおらかさ、広さを感じさせる、いわばみやび心も顔を出しています。

❖第四十四段

むかし、あがたへ行く人に、馬のはなむけせむとて、呼びて、うとき人にしあらざりければ、家刀自、盃さゝせて、女の装束かづけむとす。あるじの男、歌よみて、裳の腰にゆひつけさす。

いでて行く君がためにとぬぎつれば
われさへもなくなりぬべきかな

この歌は、あるが中におもしろければ、心とどめてよまず、腹にあぢはひて。

現代語訳

昔、地方の任国へ行く人に、お別れの宴をしようと言って招きました。疎遠な人でもなかったので、その家の主婦が侍女に盃を勧めさせて、女の装束を贈り物としてかぶせて与えようとしました。あるじの男が歌を詠んで裳の腰紐に結びつけさせました。

いでて行く君がためにとぬぎつれば　われさへもなくなりぬべきかな（出発なさるあなたを祝って脱いだので、裳のなくなった私まで喪（凶事）がなくなるでしょう）

この歌は数ある歌の中でも趣きある歌なので、じっくりと心のうちで味わって返歌は詠みませんでした。

解説

当時、貴族の妻自ら客をもてなすことはめったにありませんでした。おそらく妻の身内の人の門出のお祝いだったのでしょう。女の着物を贈物にすることは、昔からのしきたりでもありました。前途を祝う友情と、「裳」と「喪」を掛けた知的な洒落とが重なって、趣きある歌になっているので、裳を贈られた方は、その歌を心に留めて返歌はしなかったと述べたのでした。四十一段に登場する歌人藤原敏行が連想されて、興味深いものがあります。

❖第四十五段

むかし、男ありけり。人のむすめのかしづく、いかでこの男にもの言はむと思ひけり。うちいでむことかたくやありけむ、もの病みになりて、死ぬべき時に、「かくこそ思ひしか」と言ひけるを、親聞きつけて、泣く泣く告げたりければ、まどひ来たりけれど、死にければ、つれづれとこもりをりけり。時は水無月のつごもり、いと暑きころほひに、宵は遊びをりて、夜ふけて、やや涼しき風吹きけり。螢高く飛びあがる。この男、見ふせりて、

行く螢雲の上までいぬべくは
　秋風吹くと雁に告げこせ

暮れがたき夏のひぐらしながむれば
　そのこととなくものぞかなしき

現代語訳

昔、男がおりました。ある親の大切にしている娘が、何とかしてこの男に逢って語りたいと思いました。言葉に出しては言いにくかったのか、病気になっていまや死んでしまう時になって初めて「私はこう思っておりました」と言ったのを親が耳にして、泣きながら男に告げたところ、男はあわてて来たのでしたが、女が死んでしまったので、女の家で喪にこもっておりました。時は六月の末、大そう暑い時季で、宵の頃は管弦の遊びをし、夜が更けると少し涼しい風が吹いてきました。蛍は高く飛び上がりました。この男は横になったまま、それを見て、

行く蛍　雲の上までいぬべくは秋風吹くと雁に告げこせ（飛びゆく蛍よ。雲の上まで去ってしまうなら、そろそろ秋風が吹くと空の雁に告げておくれ）

暮れがたき夏のひぐらしながむれば　そのこととなくものぞかなしき（なかなか暮れない夏の日を一日中ぼんやりながめて過ごしていると、何ということなしに悲しい気分になります）

解説

筋を追うだけのように見えますが、内容もしっかりしていて、よくできた段だと思います。女の心に感動して理性を失って、あわてて飛んできた男の真情、そこに男の優しさ・寛大さがジンと伝わってきます。細やかで豊かな人の気持ちを表現しています。

二つの歌はそれぞれ季節感を表す歌としかとれませんが、話の内容から各々の歌をみると、何でもないようで情緒があり、物悲しさを感じます。素朴でありながらその中に人間の優しさを感じ、味のある作品になっています。理想の男性像と言えるでしょう。

❖第四十六段

むかし、男、いとうるはしき友ありけり。かた時さらずあひ思ひけるを、人の国へ行きけるを、いとあはれと思ひて別れにけり。月日経て、おこせたる文に、「あさましく、対面せで、月日の経にけること。忘れやし給（ひ）にけむと、いたく思ひわびてなむはべる。世の中の人の心は、目離るれば忘れぬべきものにこそあめれ」と言へりければ、よみてやる、

目離るともおもほえなくに忘らるる
　時しなければおもかげにたつ

現代語訳

昔、男には大そう仲のよい友達がおりました。片時も離れずお互いに信頼し合っておりました。その友が京を離れて他国に行ったのを、大そう悲しく思って別れたのでした。日が経ってその友がよこした手紙に、「あきれるほどお会いせず月日が経ってしまったことです。私をお忘れになったのではなかろうかと嘆かわしく思い沈んでおります。世の中の人の心は、逢わなくなると忘れてしまうもののようです」と言ってきましたので、詠んでやりました。

目離るともおもほえなくに　忘らるる時しなければおもかげにたつ（お会いしていないとは私には思われませんので、あなたを忘れる時はありません。あなたが幻に現れていつもお目にかかっていますから）

解説

男の返事の歌は、「あなたとの友情は緊密だから、私は決してあなたのことを忘れておりませんよ」と言い、都を離れた者の引け目のある気持ちや、忘れられる受身の意識を知っているから「毎日会っていますよ」と一般論を否定して友達の心を和ませています。

男と男の友情の物語です。細やかで麗しい友情、これは『伊勢物語』の特徴の一つです。そして友情の理想化は『伊勢物語』の文化的高さを示しています。平安期という一つの文化社会の中で自然な感情ではなく意識を伴った友情です。平安以前にはなかった人と人との共有の感覚、文化的で洗練された感覚です。『論語』の「朋、遠方より来たる。また楽しからずや」に見られる中国の影響もあるのかもしれません。

❖第四十七段

むかし、男、ねむごろにいかでと思ふ女ありけり。されど、この男をあだなりと聞きて、つれなさのみまさりつつ、言へる、

大幣の引く手あまたになりぬれば
　思へどえこそ頼まざりけれ

返し、男、

大幣と名にこそ立てれ流れても
　つひに寄る瀬はありといふものを

現代語訳

昔、男には心底何とかして逢いたいと思う女がおりました。しかし女はこの男を軽薄な人だと聞いてますます冷淡になるばかりで、こう言ったのでした。

大幣の引く手あまたになりぬれば　思へどえこそ頼まざりけれ（あなたは大幣(おおぬさ)のように数多くの女からもてはやされる身となっておられますから私もお慕わしくは思うものの、とうてい頼みにする気にはなれません）

男の返しの歌は

大幣と名にこそ立てれ　流れてもつひに寄る瀬はありといふものを（大幣だとうわさが立っていますが、その大幣が川に流されても結局は流れ寄る浅瀬があると言いますのに、私も本当に頼りと思う女（ひと）はあなた以外にありません）

解説

この歌は川原の陰陽師が沢山幣束をつけた榊でお祓いをして身体をなでて川に流す様子を背景に気持ちを伝えた歌です。『古今集』では業平の贈答歌として載っています。業平の異性関係に対する疑いとなじりの女の歌です。この女は自分で確かめることもなく「あだなり」とうわさを聞いて冷たくなったとありますが、男の真実の心を理解してくれない女ということになります。男の返歌はあくまで女を思う優しい気持ちを歌ったものになりました。

❖第四十八段

むかし、男ありけり。馬のはなむけせむとて人を待ちけるに、来ざりければ、

今ぞ知る苦しきものと人待たむ

現代語訳

昔、男がおりました。餞別の宴をしようとして旅立つ人を待っていたのでしたが、その人が来なかったので、

今ぞ知る　苦しきものと人待たむ　里をば離れず訪ふべかりけり（人を待つの

里をば離れず訪ふべかりけり

は苦しいものだと、今こそ知りました。女が待っている里へは間を置かずに訪ねて行くべきだった、ということも同時に思い知りましたよ）

解説

この段の和歌は『古今集』の詞書に「紀利貞が阿波介にまかりける時に」とあり、業平の歌となっています。歌のみをよく読むと二つの解釈が考えられます。相手に皮肉っぽく訴えた贈答歌説、そしてもう一つは「私はあなたをこれほど思っているのです」と皮肉でなく自分に言い聞かせるようにいう独詠歌説です。これは恋歌仕立てで相手に友情を訴える、言ってみればみやびの広い心を技巧的に詠んだ歌といえます。

❖第四十九段

むかし、男、妹のいとをかしげなりけるを見をりて、

うら若み寝よげに見ゆる若草を
人のむすばむことをしぞ思ふ

と聞えけり。返し、

初草のなどめづらしき言の葉ぞ
うらなくものを思ひけるかな

現代語訳

昔、男が、妹が大そう魅力的であるのを見て、

うら若み寝よげに見ゆる若草を人の結ばむことをしぞ思ふ（若々しいので抱いて寝るとすばらしいように見える妹を、誰かが結んで寝るのだろうなと思われることよ。こんなかわいい妹を誰が抱いて寝るのだろう）

と、聞こえるように言ったのでした。妹が返しの歌を詠みました。

初草のなどめづらしき言の葉ぞ　うらなくものを思ひけるかな（初草のような何と珍しいお言葉でしょう。私は今まで兄妹として特別な気持ちはありませんでしたよ）

解説

妹を恋い慕う話です。妹は、同腹なのか異腹なのかわかりません。同腹とすれば、年頃になり、兄が妹に初めて性的魅力を感じ、妹も初めて兄が異性であることを意識した青春の一こまということになるのでしょう。異腹とすれば同じ家で育つとは限らないので久しぶりに会って女性としての魅力を感じたということになるでしょう。

『源氏物語』「総角」の巻に、女一宮と匂宮の姉弟が『伊勢物語』の絵を見ている

❖第五十段

むかし、男ありけり。恨むる人を恨みて、

鳥の子を十づつ十は重ぬとも
　思はぬ人を思ふものかは

と言へりければ、

朝露は消えのこりてもありぬべし
　誰かこの世を頼みはつべき

また、男、

吹く風に去年の桜は散らずとも
　あな頼みがた人の心は

また、女、返し、

行く水に数書くよりもはかなきは

場面があり、姉を垣間見て限りなく美しく、もし血の繋がりがなかったら……と、

若草のねみむものとは思はねどむすぼほれたる心地こそすれ（若草のように若く美しいあなたと共寝しようとは思いませんが、私は気がふさいでしまうことです）

と詠んでいます。明らかに『伊勢物語』のこの段によって構想を得ています。

現代語訳

昔、男がおりました。恨みを言ってくる女を逆に恨んで

鳥の子を十づつ十は重ぬとも思はぬ人を思ふものかは（鳥の卵を十個ずつ十回積み重ねることができるとしても思ってもくれない人を思ったりできるものですか）

と言ったところ、

朝露は消えのこりてもありぬべし　誰かこの世を頼みはつべき（朝露でも時には消え残ることもありましょうが、誰がこの世をいつまでも生き続けることができましょうか）

また男が、

吹く風に去年の桜は散らずとも　あな頼みがた　人の心は（吹いてくる風に去年の桜がまだ散らずに残るようなことがあっても頼みになりませんよ、あなたの心は）

また女が返して、

行く水に数書くよりもはかなきは思はぬ人を思ふなりけり（流れる水に数を書き留めるよりも無駄なことは、思ってもくれない人を思うことです）

また男が、

思はぬ人を思ふなりけり
また、男、
行く水と過ぐるよはひと散る花と
いづれ待ててふことを聞くらむ
あだくらべかたみにしける男女の、忍びありきしけることなるべし。

行く水と過ぐるよはひと散る花と　いづれ待ててふことを聞くらむ（流れ行く水と過ぎ行く齢と散る花と、その中のどれが待てという言葉を聞き入れてくれるでしょう。頼りにするものは何もありません）

互いに浮気を競い合っている男と女が、男の忍び歩きをもとにして贈答した歌なのでしょう。

解説

この段は互いに相手を信頼できずに詠った歌を集めて、贈答歌に仕立てて段を構成したと思われます。互いに言い合いをする楽しさもあったことでしょう。

❖第五十一段

むかし、男、人の前栽に菊植ゑけるに、
植ゑし植ゑば秋なき時や咲かざらむ
花こそ散らめ根さへ枯れめや

現代語訳

昔、男が、ある人の家の庭先に菊を植えた時に、

植ゑし植ゑば秋なき時や咲かざらむ　花こそ散らめ　根さへ枯れめや（このようにしっかり植えておけば、秋のない年にも咲かないことがあろうか。また花は散ることもあろうが、根まで枯れることがあろうか。秋の来ない年などありえないから、毎年美しく咲くでしょう）

と、詠みました。

解説

この歌は『古今集』に業平の歌として載っています。菊は秋の代表花で、九月九日重陽の節句の頃、不老長寿の縁起のよい菊を友人の家の庭に植え、その家の主人をいたわり祝し、その家が永遠に栄えることを祈ったのです。ちょっと理屈っぽい歌ですが、たたみかけるような軽快なリズムを持った歌になっています。

❖第五十二段

むかし、男ありけり。人のもとよりかざりちまきおこせたりける返りことに、

あやめ刈り君は沼にぞまどひける
　われは野にいでて狩るぞわびしき

とて、雉をなむやりける。

現代語訳

昔、男がおりました。ある人のもとから魔よけの菖蒲や茅で巻いた粽をよこしてくれた、その返事に

あやめ刈り　君は沼にぞまどひける　われは野にいでて狩るぞわびしき（あなたは粽の菖蒲を刈るため沼をうろうろ行き来し、私は野に出て雉を狩りました。ご一緒できなかったのが残念です）

と言って、雉を贈ったのでした。

解説

五月五日、端午の節句の贈り物をした時の歌です。君とわれ、沼と野、刈りと狩り、各々の対比をからませ、季節感あふれる歌となりました。同じ日にそれぞれ働いていて、一緒の行動でなかったことが残念ですね、と友としての連帯感、同士の思いが感じられます。「わびしき」から雉ではなくて、鴫だったらなおよかったかもしれませんね。

❖第五十三段

むかし、男、あひがたき女にあひて、物語などするほどに、鶏の鳴きければ、

いかでかは鶏の鳴くらむ人知れず
　思ふ心はまだ夜深きに

現代語訳

昔、男がなかなか逢えない女にやっと逢って、親しく話をしているうちに朝を告げる鶏が鳴いたので

いかでかは鶏の鳴くらむ　人知れず思ふ心はまだ夜深きに（どうしてまた鶏が夜明けを告げたりするのだろう。ひそかにあなたを思っている私の心は、まだ夜が深くて明るくなっていないのに）

解説

早くも夜が明けてしまいましたが、まだ十分言いたいことを言い尽くしていません。だから、まだ完全に私の心をわかってもらっていません。それでまた逢いたい

❖第五十四段

むかし、男、つれなかりける女に言ひやりける、

行きやらぬ夢路をたのむ袂には
天つ空なる露や置くらむ

❖第五十五段

むかし、男、思ひかけたる女の、え得まじうなりての世に、

思はずはありもすらめど言の葉の
をりふしごとに頼まるるかな

と思っています。たたみかけるように三段論法で気持ちを伝えています。

現代語訳

昔、男が、冷たい態度をとっていた女に言ってやりました。

行きやらぬ夢路をたのむ　袂には天つ空なる露や置くらむ（行こうにも行くことができない夢の通い路ですが、それを頼みとして寝るしかない私の袂には大空の露が置いたのでしょうか、涙ですっかり濡れています）

解説

相手の冷淡さゆえに夢の中でも通うことができない。しかしその夢の通い路を頼みにするしかない、というのです。『後撰集』には「よみ人しらず」として載っています。

現代語訳

昔、男が、思いをかけていた女ととても手に入れられそうにない間柄になったので、

思はずはありもすらめど　言の葉のをりふしごとに頼まるるかな（あなたはもう私のことを思っていないかもしれませんが、私はあなたのおっしゃった言葉が今も折あるごとに頼みに思われてなりません）

と、詠んだのでした。

解説

もう逢うこともできなくなった二人の仲ですが、この男としてはあきらめきれないのです。二人のやり取りの言葉は歌や手紙での優しい言葉であったのでしょう。昔のあなたの言葉が忘れられません、と言っています。

❖第五十六段

むかし、男、ふして思ひ、起きて思ひ、思ひあまりて、
わが袖は草のいほりにあらねども
暮るれば露の宿りなりけり

現代語訳

昔、男が、横になっては女を思い、起きていても女を思い、その思いが持ちこたえられなくなり、歌を詠みました。

わが袖は草のいほりにあらねども　暮るれば露の宿りなりけり（私の袖は草葺きの庵ではありませんが、日が暮れると露の宿となって、涙でびっしょり濡れてしまいます）

解説

四段の格調高い文章の続きのような段です。歌ばかりでなく文章にも男の思いが込められています。

草のいほりは草葺きの粗末な家のことで、屋根の葺き方が粗いので夜露が結ばれるという表現をしたものです。

❖第五十七段

むかし、男、人知れぬもの思ひけり。つれなき人のもとに、
恋ひわびぬ海人の刈る藻に宿るてふ
われから身をもくだきつるかな

現代語訳

昔、男が人知れぬ恋に心を痛めておりました。知らん顔の相手のもとに

恋ひわびぬ　海人の刈る藻に宿るてふわれから身をもくだきつるかな（恋に思い悩むことになってしまいました。海人の刈る藻に住みついているというわれから（貝）でもないのに自分から進んで身を滅ぼしてしまいましたよ）

と詠んでやったのでした。

解説

恋心は募り相手にもされず、もう打開の道はないと思い、心の決着がつかず、処置に窮するため、「恋ひわびぬ」といったのでしょう。このように最初に結論を出す歌は、『伊勢物語』の中に割合多いようです。

❖第五十八段

むかし、心つきて色好みなる男、長岡といふ所に家つくりてをりけり。そこのとなりなりける宮ばらに、こともなき女どもの、ゐなかなりければ、田刈らむとて、この男のあるを見て、「いみじの好き者のしわざや」とて、集りて入り来ければ、この男、逃げて奥に隠れにければ、女、

荒れにけりあはれいく世の宿なれや　住みけむ人のおとづれもせぬ

と言ひて、この宮に集り来ゐてありければ、この男、

葎生ひて荒れたる宿のうれたきは　かりにも鬼のすだくなりけり

とてなむいだしたりける。この女ども、「穂ひろはむ」と言ひければ、

現代語訳

昔、センスもあり、風流を解する男が、長岡という所に家を作って住んでいました。そこの隣に住んでいた、内親王を母として生まれてなかなか美しい女たちは、田舎なので田を刈ろうとしていたこの男を見て「大そうな風流人のすることね」と言って、集まって男の家の庭に入ってきたので、この男は逃げて建物の奥に隠れたところ、女たちの一人が

荒れにけり　あはれいく世の宿なれや　住みけむ人のおとづれもせぬ（住んでおられた人がいらっしゃらないということは、この家は空き家になって荒れ果ててしまったのですね。ああ、何代続いたお邸だったのでしょうか）

と詠んで、女たちがこの男の邸に集まってきてそのままそこにいるので、この男は

葎生ひて荒れたる宿のうれたきは　かりにも鬼のすだくなりけり（おっしゃるとおり葎が生えて荒れた家の情けなさは仮にも鬼が集まったりするんですからねえ）

と詠んで女たちにその歌を出しました。この女たちは「一緒に落穂拾いを手伝いましょう」と言ったところ、

うちわびて落穂ひろふと聞かませば　われも田づらに行かましものを（生活に困って落穂を拾うとおっしゃるのでしたら、私も田へ出ていきたいところですよ。でもそうではなさそうなので、御免こうむります）

解説

長岡は、桓武天皇の時代十年ほど都であった所です。桓武天皇には十九人の内親王がおり、その多くがこの長岡に住んでいたと言われています。

業平の母伊都内親王も桓武天皇の娘で、長岡に住んでいました。業平が少年時代に一時期住んでいたと思われる所です。この段の女たちは業平の幼なじみのいとこたちだったのでしょう。

男やその家を見に来る無作法で無遠慮な女たちと、その女たちに困り、うちわびた心情を好む男との対比も面白いですね。男女の歌で互いに茶化しあっている楽し

うちわびて落穂ひろふと聞かませば
　われも田づらに行かましものを

さも感じられます。

❖第五十九段

むかし、男、京をいかが思ひけむ、東山に住まむと思ひ入りて、

　住みわびぬ今はかぎりと山里に
　　身を隠すべき宿求めてむ

かくて、ものいたく病みて死に入りたりければ、おもてに水そそきなどして、生きいでて、

　わが上に露ぞ置くなる天の河
　　門渡る舟のかいのしづくか

となむ言ひて、生きいでたりける。

現代語訳

昔、男が、京をどう思ったのでしょうか、東山に住もうと思い決めて、

　住みわびぬ　今はかぎりと山里に身を隠すべき宿求めてむ（私は都には住みにくいと思うようになりました。もうこれまでと覚悟して身を隠すべき住まいを山里に求めましょう）

こう詠んでから、ひどい病気になって意識不明になってしまったので、人々が顔に水をそそいだりしてやっと息を吹き返して、

　わが上に露ぞ置くなる　天の河門渡る舟のかいのしづくか（私の顔の上に露が置くようです。天の川の渡し場を渡る舟の櫂の雫なのでしょうか）

と歌を詠み、生き返ったのでした。

解説

「住みわびぬ」の歌は『後撰集』に業平朝臣の歌として、

　世中を思憂じて侍ける頃

　住みわびぬ　今は限と山里につま木こるべき宿求めてん（1083）

と、載っています。一方、「わが上に」の歌は『古今集』に「よみ人しらず」の歌として

　わが上に露ぞをくなる　天の河門わたる舟の櫂のしづくか（863）

と、載っています。おそらく七夕の歌と思われます。

自分はもう死んだと思った男が顔に水がかかって気がつき、ここは天の河かな、

❖第六十段

むかしをとこ有りけり宮つかへいそがしく心もまめならざりけるほどのいへとうじまめにおもはむといふ人につきて人のくにへいにけりこのをとこ宇佐の使にていきけるにあるくにのしぞうの官人のめにてなむあるときゝて女あるじにかはらけとらせよさらずはのまじといひければかはらけとりていだしたりけるにさかななりけるたちばなをとりて

さ月まつ花たちばなのかをかげばむかしの人のそでのかぞする

といひけるにぞ思ひいでてあまに

と思って詠んだ歌ということでしょう。意識もうろうとした状態でも風流さを失わない男だったのです。

現代語訳

昔、男がおりました。男は宮仕えの公務が忙しく、誠実に愛したとは言えなかったころの妻が「誠実に愛しましょう」という別の男に従って他国へ去っていきました。この男が宇佐八幡の勅使として下向した時、その国の勅使の接待をする役人の妻になっていると聞いたので「奥さんに盃を取らせなさい。そうでないと酒は飲みません」と言ったところ、その妻は盃を取って差し出しました。男は酒のつまみであった橘の実を手に取って、

五月待つ花橘の香をかげばむかしの人の袖の香ぞする（五月を待って咲く橘の花の香をかぐと、昔なじみの人のなつかしい袖の匂いがします）

と言ったところ、女は昔を思い出し、尼になって山に入り、そこで暮らしたのでした。

解説

二十三・二十四段と共通で、だめ男に対応する女の話となっています。男はまめでなく、原因は男の方でした。しかしその男を信じ得ず、耐え切れなかったために、後に恥じることになり傷ついた女、気の毒だが結果的に浅はかだった女として書かれています。女としては一大決心をして都を捨てたのに、男のひどい呼び出し方で皮肉な再会をしたのです。自分をいつまでも覚えていてくれた男に対して、女は恥じて尼になったのでした。皮肉な運命でもありますが、女としては少し悲しい話です。

❖第六十一段

むかし、男、筑紫まで行きたりけるに、「これは、色好むといふ好き者」と、すだれのうちなる人の言ひけるを聞きて、

染河を渡らむ人のいかでかは
色になるてふことのなからむ

女、返し、

名にし負はばあだにぞあるべきたはれ島
浪の濡れ衣着るといふなり

現代語訳

昔、男が筑紫まで行った時に「この人は色好みと評判の風流人です」と、男が泊まった家の女が言ったのを聞いて、

染河を渡らむ人のいかでかは色になるてふことのなからむ（大宰府近くの染川を渡った人ならどうして色に染まらないことがあるでしょうか。誰でも色好みに染まることでしょう）

女が返しの歌を詠みました。

名にし負はばあだにぞあるべき　たはれ島浪の濡れ衣着るといふなり（名を持つとおりならば、浮気であるはずのたはれ島は、波の濡れ衣を着ているということです。同じように染川に無実の罪を着せようとしても無理ですよ）

解説

前段と同じく九州が舞台です。業平が九州に赴いたという根拠はありません。『伊勢物語』の編集者が九州の話をまとめていこうとする態度が感じられます。「染河を渡らむ」の歌は業平作として『拾遺集』に、「名にし負はば」の歌は「よみ人しらず」として『後撰集』に載っています。『伊勢物語』のこの段から業平作として『拾遺集』に載ったと思われます。

女の歌は染川に対して熊本県のたわれ島で応酬したのでした。かつて都に住み、歌の素養のある女だったのかもしれません。

❖第六十二段

むかし、年ごろおとづれざりける女、心かしこくやあらざりけむ、はかなき人の言につきて、人の国なりける人に使はれて、もと見し人の前にいで来て、もの食はせなどしけり。夜さり、「このありつる人たまへ」と、あるじに言ひければ、おこせたりけり。男、「われをば知らずや」とて、

いにしへのにほひはいづら桜花　こけるからともなりにけるかな

と言ふを、いと恥づかしと思ひて、いらへもせでゐたるを、「などいらへもせぬ」と言へば、「涙のこぼるるに、目も見えず、ものも言はれず」と言ふ。

これやこのわれにあふみをのがれつつ　年月経れどまさりがほなき

現代語訳

昔、男が長年訪れていなかった女がいました。その女は賢明ではなかったのでしょうか、あてにならない人の言葉に従って他国にいる人に使われて、もと夫であった人の前に出てきて、食事の給仕などをしたのでした。夜になった時、「先ほどの女を私に下さい」とあるじに言ったところ、その女をよこしたのでした。男は「私のことがわかりませんか」と言って、

いにしへのにほひはいづら　桜花　こけるからともなりにけるかな（かつての美しい色艶はどこへ行ってしまったのでしょう。桜の花よ、今は花をしごき落とした残骸となってしまいましたね）

と詠んだので、女は大そう恥ずかしいと思って返事もしないでいたら、「どうして返事もしないのか」と言うので、女は「涙がこぼれて目も見えません。話もできません」と言ったのでした。

これやこのわれにあふみをのがれつつ　年月経れどまさりがほなき（これがまあ、私に逢う身でありながら逃げ去っていったあの女なのだろうか。年月が経ったのに一向に見勝りしないことですね）

と言って、着物を脱いで女に与えたけれど、女はそれを捨てて逃げてしまいました。どこに逃げ去ったのか今はわかりません。

解説

九州の話とは書いてなく、「あふみ」（逢ふ身・近江）からむしろ近江を連想しますが、六十段と構想が似ています。

不実な男なのに女に対しては、「心かしこくやあらざりけむ」「はかなき言につく」と同情の余地がない書き方をしています。その上、「こけるから」とか「などいらへもせぬ」「まさりがほなき」と随分残酷な言い方をしています。男は目の前の前妻の様子に耐えられなかったのかもしれないが、女としては耐えられないほど悲しくつらい気持ちであったことを考えていません。不実でも自分の妻でいた方がよかっただろう、という男の横柄さに女としての悲しみがよくわかります。

と言ひて、衣ぬぎて取らせけれど、捨てて逃げにけり。いづちいぬらむとも知らず。

❖第六十三段

むかし、世心つける女、いかで心なさけあらむ男にあひ得てしがなと思へど、言ひいでむも頼りなさに、まことならぬ夢語りをす。子三人を呼びて、語りけり。ふたりの子は、なさけなくいらへてやみぬ。三郎なりける子なむ、「よき御男ぞいで来む」とあはするに、この女、けしきいとよし。こと人はいとなさけなし、いかでこの在五中将にあはせてしがなと思ふ心あり。狩しありきけるに行きあひて、道にて馬の口をとりて、「かうかうなむ思ふ」と言ひければ、あはれがりて、来て寝にけり。さてのち、男見え

以上、六十・六十一・六十二段に登場する女は、旅の伝承、流離譚の中の女で、その話と歌を結び付けて作られたのかもしれません。

現代語訳

昔、恋愛好きな女がおりました。何とかして愛情深い男に出会いたいものだと思っていましたが、言い出すきっかけもないまま、作り事の夢物語を語ったのでした。子ども三人を呼んで話しました。上の二人の子はそっけない返事をしてそのままになりました。三番目の男の子が「お母さんには立派な男が現れるでしょう」と夢判断をしたので、この女は満足でした。この三番目の息子は、他の男では思いやりがない、何とかして在五中将に会わせたいものだと思っていました。ちょうど業平が狩りをして歩いていた時、この息子に出会いました。道々業平の乗馬の口を取って、「こんなことがあって、こう思っています」と言ったところ、業平は不憫に思って、その家に来てその女と寝たのでした。しかしそれっきり業平は来なかったので、女は業平の家に行って覗いたところ、業平はちらっと見て、

百年に一年たらぬつくも髪われを恋ふらし　おもかげに見ゆ（百歳に一歳足りない白い髪の年寄りが私を恋しているらしい。そんな姿が目に浮かびます）

と言い、出掛ける様子を見て、女は茨やからたちのとげに引っかかりながらも、あわてて家に帰って寝ていました。男はその女がしたと同じようにこっそり家の外に立って見ていると、女は嘆き悲しんで、もう一人で寝ようと思い、

さむしろに衣かたしき今宵もや恋しき人にあはでのみ寝む（むしろの上に衣の片方を敷いて今夜もまた恋しい人に逢うこともなく空しく独り寝をするのだろうか）

と詠んだのを、男はかわいそうだと思い、その夜は共寝をしたのでした。

この世の男女の仲の例として、恋しいと思う人を思い、恋しいと思わない人のこ

ざりければ、女、男の家に行きてかいま見けるを、男、ほのかに見て、

百年に一年たらぬつくも髪
　われを恋ふらしおもかげに見ゆ

とて、いで立つけしきを見て、むばら、からたちにかかりて、家に来てうちふせり。男、かの女のせしやうに、忍びて立てりて見れば、女、歎きて、寝とて、

さむしろに衣かたしき今宵もや
　恋しき人にあはでのみ寝む

とよみけるを、男、あはれと思ひて、その夜は寝にけり。世の中の例として、思ふをば思ひ、思はぬをば思はぬものを、この人は、思ふをも、思はぬをも、けぢめ見せぬ心なむありける。

とは思わないのに、この男業平は、恋しいと思う人も恋しいと思わない人をも、差別しない心を持っていたのでした。

解説

作者不明の歌を男女の交し合う歌として使われ、物語に仕立て上げられています。『伊勢物語』の中で唯一明らかに業平を指す「在五中将」という言葉が出てきます。業平の物語と思わせる作為を感じる段です。業平のイメージは色好みの男性であると定着していますが、その有り様の一面として、誰にでも愛を与える博愛の人、自分の好悪でなく、相手の気持ちを考えいたわりの心を持ち行動する人として、ここでは描かれています。

三人の子の末子が親の面倒をみるという話は、『リア王』を連想するように民話・伝説の話によくみられます。またこの段の色好みの母は結構年老いているようです。老女の恋の話は『源氏物語』の中の「源の典侍」を連想させます。平安時代の老女は、何となく品のないイメージを持つのは残念ですが、この段でも女が垣間見をしています。珍しい場面です。

この段は単純な話を後世の人が歌を組み合わせて、業平のイメージを重ね合わせて作られた物語と言えるでしょう。

❖第六十四段

むかし、男、みそかに語らふわざもせざりければ、いづくなりけむあやしさによめる、

吹く風にわが身をなさば玉すだれ
ひま求めつつ入るべきものを

返し、

取りとめぬ風にはありとも玉すだれ
誰が許さばかひま求むべき

現代語訳

昔、男が、ひそかに逢って語り合うこともしなかった女が、どこにいるのか不思議だと思って歌を詠みました。

吹く風にわが身をなさば　玉すだれひま求めつつ入るべきものを（吹く風に私の身を変えることができたら、あなたの姿を隠している玉すだれの隙間を探し求めてお側へ入って行けるのに、それができなくて残念です）

女から返しの歌がありました。

取りとめぬ風にはありとも　玉すだれ誰が許さばかひま求むべき（捕まえることのできない風であっても玉すだれの隙間を探し求めることなど、誰が許したらできるというのですか。そんなことできませんよ）

解説

どこにいるのかわからないので歌を詠んだら、返事がきたというのも面白いですね。すぐそばにいたということでしょうか。玉すだれは宮中を意味するとすれば、二条の后のことが念頭に浮かびます。玉すだれの隙間を吹き抜ける風に譬えて読んだ歌のやり取りです。返事の歌は、雲上からの歌で、そんなことを許すはずはありません、許す人はいないのです、という強い意志を感じます。

❖第六十五段

むかし、おほやけおぼして使うたまふ女の、色許されたるありけり。大御息所とていますかりけるいとこなりけり。殿上にさぶらひける在原なりける男の、ま

現代語訳

昔、帝がご寵愛になって召し使っておられて、禁色の着用を許された女がおりました。帝の母としていらした方のいとこにあたる方でした。殿上の間にお仕えする在原氏でまだ大そう若かったこの男と、この女は互いに知り合っていたのでした。男は年少だったから、後宮への出入りを許されていたので、この女のいるところに来て、目の前に座ったりするものだから、女は「みっともないです。あなたの身の破滅になります。およしなさい」と言ったところ、

だいと若かりけるを、この女あひ知りたりけり。男、女方許されたりければ、女のある所に来てむかひをりければ、女、「いとかたはなり。身も亡びなむ。かくなせそ」と言ひければ、

思ふには忍ぶることぞ負けにける
　あふにしかへばさもあらばあれ

と言ひて、曹司におりたまへれば、例の、この御曹司には人の見るをも知らでのぼりゐければ、この女、思ひわびて里へ行く。されば、なにのよきことと思ひて、行き通ひければ、みな人聞きて笑ひけり。つとめて主殿司の見るに、沓は取りて、奥に投げ入れてのぼりぬ。

かくかたはにしつつありわたるに、身もいたづらになりぬべければ、つひに亡びぬべしとて、この男、「いかにせむ。わがかかる心やめたまへ」と、仏、神に

思ふには忍ぶることぞ負けにける　あふにしかへばさもあらばあれ（あなたを思う心の強さに、我慢する心が負けてしまいました。逢うことと引き換えなら、おっしゃるとおり身の破滅となっても仕方ありません）

と男は言いました。女が自室に退出すると、このお部屋にいつものように人が見るのもかまわず男が参上しているので、この女は困り果てて実家へ帰ったのでした。すると男は何と好都合だと思って行き通うので、これを聞いた人は皆笑ったのでした。女の所に行った翌朝、主殿司が見ると、男は沓を手に取って、宿直をしていたように見せかけるつもりなのか、沓置きの奥に投げ入れて殿上に上りました。

このようにまともでない行動を取り続けているうちに、抜け殻のようになって、遂には身の破滅になってしまうだろうと、男は思ったのでした。そして、「どうしたらいいだろう。私のこのような恋慕の心を止めて下さい」と仏や神にお願いしたけれど、ますます恋慕の情は募るばかりで、もうどうしようもなく、恋しくのみ思われるので、祈祷をしてくれる陰陽師や神に仕える巫を呼んで、恋すまいというお祓の道具を持って川原へ出掛けたのでした。お祓は終わったもののとてもとても悲しい気持ちになり、今まで以上にますます恋しく思われるので、

恋せじと御手洗河にせしみそぎ　神はうけずもなりにけるかな（恋をするまいと下賀茂神社の御手洗川に出て禊（みそぎ）を行なったのに、神様は受け入れては下さらずじまいになったことですよ）

と詠んで家に帰っていきました。

この帝は容姿が美しくいらっしゃって、仏の御名を心を込めて、大そう尊いお声で唱えなさるのを聞いて、女はひどく泣いたのでした。「このようなご立派な主君にお仕え申し上げできないとは、前世の因縁が良くなくて悲しいことです。この男に付きまとわれて」と言って泣いたのでした。こうしているうちに、帝がこのことを聞きつけられて、この男を都の外へ流罪にしてしまわれたので、この女のいとこの御息所は、女を宮中から退出させて、蔵の中に押し込め、罰を加えられたので、女は蔵に籠って泣いていました。

海人の刈る藻に住む虫のわれからと音をこそ泣かめ　世をば恨みじ（自分で招いた不幸だと声を出して泣きはしても、世間を恨んだりはしないでおきましょう。すべて自分のせいなのだから）

も申しけれど、いやまさりにのみおぼえつつ、なほわりなく恋しうのみおぼえければ、陰陽師、巫呼びて、恋せじといふ祓への具してなむ行きける。祓へけるままに、いとどかなしきこと数まさりて、ありしよりけに恋しくのみおぼえければ、

恋せじと御手洗河にせしみそぎ
神はうけずもなりにけるかな

と言ひてなむいにける。

この帝は、顔かたちよくおはしまして、仏の御名を、御心に入れて、御声はいと尊くて申したまふを聞きて、女はいたう泣きけり。「かかる君に仕うまつらで、宿世つたなく、かなしきこと。この男にほだされて」とてなむ泣きける。かかるほどに、帝聞しめしつけて、この男をば流しつかはしてければ、この女のい

と言って泣いていたので、この男は流された国から夜な夜な都に来ては、笛を風流に吹いて、趣き深い声でしみじみと歌うのでした。するとこの女は蔵に籠りながら、男がそこにいるらしいとわかったけれど、逢うこともできずに日々を過ごしていたのでした。

さりともと思ふらむこそかなしけれ　あるにもあらぬ身を知らずして（こうなってもあの人は、いつかは逢えると思っているらしいのが悲しいことです。このように生きているとも言えないような私の有様を知らないで）

女はこんな気持ちでいたのでした。男は女が逢わないので、笛を吹き歌を唄って歩きながら毎朝空しく他国へ帰っていき、このような歌を詠ったのでした。

いたづらに行きては来ぬるものゆゑに見まくほしさにいざなはれつつ（何もなく行っては帰ってくるものだから、更に逢いたさに誘われて、また行って空しく帰ることになるのです）

これは水尾山に御陵のある清和帝の御時のお話のようです。大御息所（おおみやすんどころ）も染殿の后明子のことです。あるいは五条の后順子とも言われております。

解説

『伊勢物語』の中で最も長い段です。『古今集』にも採用された歌を題材にして、業平と二条の后高子との間の成り行き、顛末を物語風に創作したものです。筋のみならず細かい所に「みな人聞きて笑ひけり」「沓は取りて、奥に投げ入れて」「帝は、顔かたちよく」「笛をいとおもしろく」など歌と関係のない脚色も多く、いかにも歌よりストーリーを先行させた後人の作だとわかります。

この段の男は誰にでも業平だと思わせる一方、破滅をも恐れず、一途に愛を求めて行く男として描かれています。どこへでも平気でなりふりかまわず追いかける男の姿、またその恋心を払いのけようとする男の姿をユーモラスに表現しています。事実と違うのは、年齢です。「男の、まだいと若かりけるを」とありますが、実は、二条の后は業平より十七歳年下です。

後人が業平のイメージを膨らませて業平の個性をユーモラスに表現したものと思われます。

とこの御息所、女をばまかでさせて、蔵にこめてしをりたまうければ、蔵にこもりて泣く。

　海人の刈る藻に住む虫のわれからと
　　音をこそ泣かめ世をば恨みじ

と泣きをれば、この男、人の国より夜ごとに来つつ、笛をいとおもしろく吹きて、声はをかしうてぞ、あはれにうたひける。かかれば、この女は、蔵にこもりながら、それにぞあなるとは聞けど、あひ見るべきにもあらでなむありける。

　さりともと思ふらむこそかなしけれ
　　あるにもあらぬ身を知らずして

と思ひをり。男は、女しあはねば、かくしありきつつ、人の国にありきて、かくうたふ、

　いたづらに行きては来ぬるものゆゑに
　　見まくほしさにいざなはれつつ

水の尾の御時なるべし。大御息所も染殿の后なり。五条の后とも。

❖第六十六段

むかし、男、津の国にしる所ありけるに、兄、弟、友だちひき率て、難波の方に行きけり。渚を見れば、舟どものあるを見て、

難波津を今朝こそみつの浦ごとに
　これやこの世をうみ渡る舟

これをあはれがりて、人々帰りにけり。

現代語訳

昔、男が、摂津の国に領地があったので、兄や弟、友達を引き連れて難波の方に行きました。渚を見ると、何艘かの舟があるのを見て、

難波津を今朝こそみつの浦ごとに　これやこの世をうみ渡る舟（難波の港を今朝見ることができましたが、その御津の浦ごとに漕ぐ舟は、これこそこの世を憂きものと思って海を渡る舟なのです）

この歌に感じ入って、人々は都へ帰っていったのでした。

解説

都住まいの人には海の景色の美しさも、海を渡る大きな舟も珍しかったに違いありません。その波にゆれる舟を見て人生を舟にたとえることを思いついたのでしょう。これまで仲間の各々が生きてきた人生に感慨をも感じたのです。この世を憂きものと思い生きる姿勢の見えるこの歌は、含蓄のある歌と言えるでしょう。

ちなみに業平の兄行平の、『古今集』入集の歌に、

田村の御時に、事に当りて、津の国の須磨と言ふ所に籠り侍けるに、宮のうちに侍ける人に遣はしける

わくらばに問ふ人あらば　須磨の浦にもしほたれつつ侘ぶとこたへよ（962）

（たまたま尋ねる人があったら、藻を焼いて塩を採ると言われている、あの須磨の浦で、泣く泣く侘び暮らしていると答えて下さい）

という歌があります。業平も行平も和歌のグループに属しながらどちらも政治的にはアウトサイダーであり、我が身の告白をしたのかもしれません。

❖第六十七段

むかし、男、逍遥しに、思ふどちかいつらねて、和泉の国へ如月ばかりに行きけり。河内の国、生駒の山を見れば、曇りみ晴れみ、立ちゐる雲やまず。朝より曇りて、昼晴れたり。雪いと白う木の末に降りたり。それを見て、かの行く人の中に、ただひとりよみける、

昨日今日雲の立ち舞ひかくろふは
花の林を憂しとなりけり

現代語訳

昔、男が、風流を求めて親しい仲間と連れ立って、和泉の国へ旧暦二月の頃出掛けました。河内の国の生駒山を見ると、曇ったり晴れたりして、山に立ち入ったり離れたりする雲の動きが続いていました。その日は朝から曇っていて、昼になると晴れました。雪が真っ白に木々の梢に降り積もっています。それを見て、この一行の中で男がただ一人歌を詠みました。

昨日今日雲の立ち舞ひかくろふは花の林を憂しとなりけり（昨日から今日にかけて、雲が湧き上がったり動きまわったりして生駒山が隠れるのは、雪で花のようになった林を人に見せるのを嫌がっているのですね）

解説

「ただひとりよみける」とありますが、親しい仲間たちはこの男の詠んだ歌を賞して、歌を作ることをやめたのでしょう。また、対象を他のものになぞらえて表現する「見立て」の技法で、雲に花を独り占めされることを見立てています。雲上の存在が頭をよぎります。

❖第六十八段

むかし、男、和泉の国へ行きけり。住吉の郡、住吉の里、住吉の浜を行くに、いとおもしろければ、おりゐつつ行く。ある人、「住吉の浜とよめ」といふ。

雁鳴きて菊の花咲く秋はあれど

現代語訳

昔、男が、和泉の国に行きました。摂津の国住吉の郡、住吉の里、住吉の浜を行くと、実によい景色だったので、馬から降り腰を下ろして眺めながら行きました。ある人が「住吉の浜という言葉を用いて歌を詠みなさい」と言いました。

雁鳴きて菊の花咲く秋はあれど　春の海辺にすみよしの浜（雁が鳴いて菊の花が咲く秋はすばらしいですが、飽きることもあるでしょう。それに対してこの住吉の浜の春は、この憂き世の中でその名のとおり住みよい浜だと思われます）

春の海辺にすみよしの浜

とよめりければ、みな人々よまずなりにけり。

と詠んだので、この歌に感動してともにいた人は皆歌を詠まないでしまいました。

解説

皆が感動したのは、その歌のうまさです。春・秋の対比や、秋・飽き、海・憂み、住吉・住みよしなどの掛詞を用いて、その時の自然ばかりでなく心地よい気持ちをも詠み込んだからです。機知に富んだ歌のうまさは、当時の理想の人間像の条件でした。

❖第六十九段

むかし、男ありけり。その男、伊勢の国に狩の使に行きけるに、かの伊勢の斎宮なりける人の親、「常の使よりは、この人よくいたはれ」と言ひやれりければ、親の言なりければ、いとねむごろにいたはりけり。朝には狩にいだしたててやり、夕さりは帰りつつ、そこに来させけり。かくて、ねむごろにいたづきけり。二日といふ夜、男、「われて、あはむ」と言ふ。女もはた、いとあはじとも思へらず。されど、人目しげければ、えあはず。使ざねとある人なれば、遠くも

現代語訳

昔、男がおりました。その男が伊勢の国に、朝廷からの狩猟の使者として行った時に、かの伊勢神宮の斎宮であった、文徳皇女恬子内親王の親静子が「いつもの使者よりはこの人をよくねぎらいなさい」と手紙を書いてやったので、親の言葉もあることなので、斎宮は男を大そう丁寧にねぎらったのでした。朝には狩りに出掛ける世話をしてやり、夕方には帰ってくるとすぐ自分の家に来させました。そして心を込めて労をねぎらったのでした。二日目の夜、男が「ぜひともお逢いしたい」と言いました。女の方も、もう逢うまいとも思ってはいませんでした。しかし、人目が煩わしいので、逢わないでおりました。男は正式の使者であったので、離れた部屋には泊まらず、女の寝室近くに泊まったので、女は人を寝静まらせて、夜中の子の刻頃に男のもとに来たのでした。男の方も女のことを思って寝られなかったので、外の方を眺めながら横になっていると、朧月の暗がりに小さな女の童を先に立てて、あの方が立っていました。男は大変うれしくて、この方を自分の寝所に連れて入って丑三つ頃まで一緒にいましたが、まだ何も語らわないうちに、帰っていきました。男はとても悲しくて、そのまま寝ないでしまいました。その翌朝、男はあの方のことが気になるけれど、こちらから使いをやる立場ではないので、大そう心細い気持ちでその方からの使いを待っていると、夜が明けてしばらく経ってからその女のもとより、詞書はなくて、

君や来し　われや行きけむ　おもほえず夢かうつつか寝てかさめてか（あなたが来られたのかそれとも私の方から行ったのか、よくわかりません。あれは夢

宿さず、女のねや近くありければ、女、人をしづめて、子一つばかりに、男のもとに来たりけり。男はた、寝られざりければ、外の方を見いだしてふせるに、月のおぼろなるに、小さき童をさきに立てて、人立てり。男、いとうれしくて、わが寝る所に率て入りて、子一つより丑三つまであるに、まだなにごとも語らはぬに帰りにけり。男、いとかなしくて、寝ずなりにけり。つとめて、いぶかしけれど、わが人をやるべきにしあらねば、いと心もとなくて待ちをれば、明けはなれてしばしあるに、女のもとより、詞はなくて、

君や来しわれや行きけむおもほえず
夢かうつつか寝てかさめてか

男、いといたう泣きてよめる、

かきくらす心の闇にまどひにき

だったのかそれとも現実の出来事だったのか、眠っていたのか目覚めていたのか）

男はもう大泣きしながら、それを見て詠んだのでした。

かきくらす心の闇にまどひにき　夢うつつとは今宵定めよ（涙にかきくれ、心も闇に迷うような状態で、何も分別がつきません。あれが夢だったのか現実のことだったのかは、今晩はっきりさせてください）

と詠んでやって、狩りに出掛けました。野にいても心はうわの空で、せめて今晩だけでも従者を寝静めて早くから逢いたいと思っていましたが、伊勢の国守で斎宮寮の長官を兼務している人が、狩猟の使者が来ていると聞いて、一晩中酒宴を催したので、まったくあの方と逢うこともできずに、その上、夜が明けたら尾張の国へ出発することになっていたので、男もひそかに血の涙を流すような苦しい思いでいたのでしたが、逢うことはできませんでした。夜が次第に明けようとする頃、女の方から盃の台皿の上に歌を書いて差し出してきました。受け取って見ると、

かち人の渡れど濡れぬえにしあれば（徒歩の人が渡っても濡れない程度の浅い入り江ですから、すなわち二人の間柄もこの程度の浅いご縁でしたから）

と書いてあり、下の句はありませんでした。その盃の台皿に、たいまつの燃え残りの炭で歌の下の句を書き付けました。

また逢坂の関は越えなむ（もう一度逢坂の関を越えて伊勢までお逢いしに参りましょう）

と言って、夜が明けると尾張の国へ向かって国境を越えて行ったのでした。

斎宮は、清和天皇の御代のお方で、文徳天皇の御娘、惟喬親王の妹でありました。

解説

『伊勢物語』の名前の由来とされる段です。古今集にも「君や来し」の歌は「よみ人しらず」、返しの「かきくらす」の歌は業平朝臣の歌として載っています。内容は『古今集』の詞書に比べて、より詳しく密度の高い書き方、女性に気を使った書き方がなされています。この段の文章は『古今集』の編纂者の一人であった紀貫之が書いたという説があります。貫之は業平の息子棟梁と親しく、業平に関する資料

夢うつつとは今宵定めよとよみてやりて、狩にいでぬ。野にありけど、心はそらにて、今宵だに人しづめて、いととくあはむと思ふに、国の守、斎の宮の頭かけたる、狩の使ありと聞きて、夜一夜酒飲みしければ、もはらあひごともえせで、明けば尾張の国へ立ちなむとすれば、男も人知れず血の涙を流せど、えあはず。夜やうやう明けなむとするほどに、女方よりいだす盃の皿に、歌を書きていだしたり。取りて見れば、

かち人の渡れど濡れぬえにしあればと書きて、末はなし。その盃の皿に、続松の炭して、歌の末を書きつく。

また逢坂の関は越えなむ

とて、明くれば尾張の国へ越えにけり。

斎宮は、水の尾の御時、文徳天皇の御むすめ、惟喬の親王の妹。

が手に入ったと考えられています。またこの文章の芸術的センスはすばらしく、特に、朧月の夜、暗がりに女の童と女が立っている場面のシルエット的美しさは圧倒的です。

一方、この段の疑問点を指摘する様々な説があります。江戸期の契沖は、清和帝は慈悲深い人で鷹狩りをしなかったから、当時狩りの使いはなかったのではないか、また、皇室の氏神である伊勢神宮の斎宮と通ずるなどあり得ない、と『勢語臆断』に書いています。また、大江匡房著『江家次第』には、高階師尚出生の秘密として、伊勢斎宮の子をひそかに長屋王の子孫高階茂範の子としたとされています。このうわさは、業平の死の直後から広まり、当時の多くの人は事実と考えたようです。

考えてみると、伊勢は都から遠く、斎宮は意外に自由であったのかもしれません。子孫の高階氏貴子は藤原道隆と結婚し、『枕草子』に登場する一条中宮定子を生んでいます。

ここに登場する業平と思われる男は、至れり尽くせりの斎宮の心配りに動かされ、挫折や破滅をも恐れずに、理想の女性に突き進む男として書かれています。このような男も理想の人間像として書かれているのでしょう。

❖第七十段

現代語訳

昔、男が狩猟の使いから都へ帰ってくる途中、斎宮が禊（みそぎ）をしたりする大淀の渡りに泊まりました。斎の宮の女の童に歌で呼びかけました。

みるめ刈るかたやいづこぞ　棹さしてわれに教へよ　海人のつり舟（海松藻（みるめ）を刈る方角はどちらですか。棹で指し示して私に教えて下さい。海人の釣り人よ）

解説

これは、前段に追加された段の一つでしょう。大淀の宿で、斎宮からの使いの中に男の知っていた、前段に登場する女の童がいたのだろうと思われます。その女の童に呼びかけたのでしょう。

❖第七十一段

現代語訳

昔、男が伊勢の斎宮に朝廷のお使いとしてお伺いしていたところ、その斎宮にお仕えする恋の歌をやり取りしたことのある女が、斎宮のためではなく自分の個人的な歌を詠んでよこしました。

ちはやぶる神のいがきも越えぬべし　大宮人の見まくほしさに（神を祭る神聖な垣根をも越えてしまいそうです。宮中にお仕えする都人にお目にかかりたくて）

男が返しの歌を詠みました。

恋しくは来ても見よかし　ちはやぶる神のいさむる道ならなくに（私のことを恋しく思っておられるなら、神の斎垣（いがき）を越えてでも逢いにおいで下さい。男女

の恋の道は神が禁じておられる道ではありませんから）

解説

女の意思で男を訪ねる、あるいは歌を贈るという展開は、六十九段と似ています。女の歌は、『万葉集』に

ちはやぶる神のいがきも越えぬべし　今は我が名の惜しけくもなし（２６６３）

とある歌の下の句の改作と思われます。「大宮人の見まくほしさに」と言い、都人とともに、都をも懐かしむ気持ちを詠んだものでしょう。

❖第七十二段

むかし、男、伊勢の国なりける女、またえあはで、となりの国へ行くとて、いみじう恨みければ、女、

大淀の松はつらくもあらなくに
　うらみてのみもかへる浪かな

現代語訳

昔、男が、伊勢の国に住む女に再び逢うことができず、隣の国に行くことになり、女を大そう恨んだので、女が歌を詠みました。

大淀の松はつらくもあらなくに　うらみてのみもかへる浪かな（大淀の松、すなわち私は冷たいわけでもないのに、あなたは浦を見て、それだけで私の心を察することもなく、恨みを残して帰っていく波なのですね）

解説

この段も六十九段の関連段と思われます。七十段の大淀の渡りで伊勢の国の女からの歌を受け取ったと考えられます。

❖第七十三段

むかし、そこにはありと聞けど、消息をだに言ふべくもあらぬ女のあたりを思ひける、

現代語訳

昔、そこにいるとは聞いていたけれど、手紙を出すことさえできそうにない女のいるあたりを恋しく思っていました。

目には見て手には取られぬ月のうちの桂のごとき君にぞありける（目には見え

目には見て手には取られぬ月のうちの
　桂のごとき君にぞありける

❖第七十四段

むかし、男、女をいたう恨みて、
岩根踏み重なる山にあらねども
　あはぬ日多く恋ひわたるかな

❖第七十五段

むかし、男、「伊勢の国に率て行きて、あらむ」と言ひければ、女、
大淀の浜に生ふてふみるからに

ても手に取ることのできない月の中にあると言われている桂のようなあの人ですね）

解説

「手には取られぬ」女というと、四段などの二条の后や六十九・七十二段などの斎宮がイメージとして浮かんできます。この段の歌も七十一段と同様『万葉集』の

目には見て手には取られぬ月のうちの桂のごとき妹をいかにせむ（632）

この歌の上の句に、下の句を作り変えたものです。『万葉集』の歌の中から業平の境遇に似合った歌を見つけて、説明文をつけ、物語の段を作ったと思われます。

現代語訳

昔、男が女をひどく恨んで歌を詠みました。

岩根踏み重なる山にあらねども　あはぬ日多く恋ひわたるかな（岩を踏んで越えていかねばならないような山が、私とあなたとの間に重なっているわけではありませんが、いつまで経っても逢えなくて恋い慕い続けるばかりです）

解説

短い説明文ですが、七十二段の「いみじう恨みければ」七十三段の「消息をだに言ふべくもあらぬ」に連なる内容です。一連の斎宮諸段の一つと言えるでしょう。

現代語訳

昔、男が「伊勢の国に連れて行きますから、そこで暮らしましょう」と言ったところ、女は、

大淀の浜に生ふてふみるからに心はなぎぬ　語らはねども（伊勢の国の大淀の

心はなぎぬ語らはねども

と言ひて、ましてつれなかりければ、

男、

袖濡れて海人の刈りほすわたつうみの
みるをあふにてやまむとやする

女、

岩間より生ふるみるめしつれなくは
潮干潮満ちかひもありなむ

また、男、

涙にぞ濡れつつしぼる世の人の
つらき心は袖のしづくか

世にあふことかたき女になむ。

浜に生えている海藻のみるというように、私はあなたにお逢いするだけで心が安らかになります。お逢いして契りを結ぶことまではしなくとも……。この都にいるだけで十分です）

と言って、以前よりもまして冷たい態度をとったので、男は、

袖濡れて海人の刈りほすわたつうみのみるをあふにてやまむとやする（袖を波に濡らして海人が刈り取って干している海の海松藻（みるめ）、そのみるめではありませんが、見る（逢う）ことだけで、二人の仲を終わりにするつもりなのですか）

と、詠みました。すると女は、

岩間より生ふるみるめしつれなくは潮干潮満ちかひもありなむ（岩の間からいつも生えているみるめ、すなわちお目にかかるというだけでは、冷たいとおっしゃるなら、潮が満ちたり引いたり繰り返すうちには貝もくっつくようにお志の持ち甲斐もあるでしょうから、それをお待ち下さい）

と、詠んできました。また、男が、

涙にぞ濡れつつしぼる世の人のつらき心は袖のしづくか（世間の人と同じあなたの冷たい心が、私の袖の雫となったのだろうと、涙に濡れながら袖を絞っています）

実に契りを結ぶことのむずかしい女なのでした。

解説

男女のやり取りの歌が四首並んでいます。どの歌も海に関する縁語が多く、海松と見るの掛詞が四首の歌に共通してみられます。なお、「涙にぞ」の歌は『貫之集』に載っている歌そのものです。貫之が歌を集めて、伊勢斎宮との話にことよせて話を作ったのではないかと考えたくなります。

以上、六十九段の情熱的な恋物語の後の、七十五段までの五つの歌語りは、六十九段の後日談のようですが、女は斎宮だけとは限らないように思われます。付き添いの女性たち、あるいはお供の男たちの語り伝えられた逸話なども含まれているのかもしれません。

❖第七十六段

むかし、二条の后の、まだ春宮の御息所と申しける時、氏神にまうで給（ひ）けるに、近衛府にさぶらひける翁、人々の禄たまはるついでに、御車よりたまはりて、よみて奉りける、

大原や小塩の山も今日こそは
　神代のことも思ひいづらめ

とて、心にもかなしとや思ひけむ、いかが思ひけむ、知らずかし。

現代語訳

昔、二条の后がまだ東宮のご生母の御息所と申し上げていた時、藤原氏の氏神である春日神社を遷した大原野神社に参詣なさった時に宮廷内外の警備に当たる近衛府にお仕えしていた老人が、供奉のご褒美をいただく折りに、一人だけ后のお車から直接いただいたので、歌を詠んで奉りました。

大原や小塩の山も今日こそは神代のことも思ひいづらめ（この大原の小塩山も行啓を仰いだ今日こそは、藤原氏の始祖の神代のことを思い出していることでしょう。あなたも私との昔のことを思い出しておいでしょうね）

と詠んだのでした。老人は心の中では悲しいと思ったのでしょうか。どんな風に思ったのか、それはわかりません。

解説

近衛府にお仕えしていた翁は右近衛権中将であった業平五十一歳のことを指していると思われます。そうだとすると、二条の后と業平には恋の成就はありませんでしたが、年を経ても直接禄をいただき、二条の后の心を感じた業平は、つらい思い出があったとしても、その時嬉しかったのではないでしょうか。

藤原氏の始祖は、天照大神が天の岩戸に隠れた時、祝詞を奏して出現を請うた天児屋命（あめのこやねのみこと）です。老人が若かりし頃、恋する二条の后高子がどこかに隠れてしまった時、出現を請うてもどうしようもなかった時の気持ちも思い出して下さるでしょうと、歌を詠んだのでした。

❖第七十七段

むかし、田邑の帝と申す帝おはしましけり。その時の女御、多可幾子と申す、

現代語訳

昔、田邑の帝と申し上げる帝がおられました。その時の女御で多可幾子と申し上げる方がいらっしゃいました。その方がお亡くなりになり、安祥寺で法要を営みました。人々が捧げ物をお供えしました。その捧げ物を集めたら、千捧げほどもあり

みまそかりけり。それうせたまひて、安祥寺にてみわざしけり。人々ささげもの奉りけり。奉り集めたるもの、千ささげばかりあり。そこばくのささげものを木の枝につけて、堂の前に立てたれば、山もさらに堂の前に動きいでたるやうになむ見えける。それを、右大将にいまそかりける藤原の常行と申すいまそかりて、講の終るほどに、歌よむ人々を召し集めて、今日のみわざを題にて、春の心ばへある歌奉らせたまふ。右の馬の頭なりける翁、目はたがひながらよみける、

山のみな移りて今日にあふことは
　春の別れをとふとなるべし

とよみたりけるを、今見れば、よくもあらざりけり。そのかみは、これやまさりけむ、あはれがりけり。

ました。沢山の捧げ物を木の枝に結び付けて、お堂の前に立てたので、そこに新たに山でも動いて出現したように見えたのでした。それをその時右大将でいらっしゃった藤原の常行と申す方がおいでになって、法要の経文の講義が終わる頃に歌詠む人々を召し集めて、今日の法要を題として春の心を詠んだ歌を差し上げさせなさいました。右の馬の頭であった翁は、捧げ物の山を本当の山と見間違えたまま、歌を詠みました。

　山のみな移りて今日にあふことは　春の別れをとふとなるべし（山がみな移動して今日の盛大な法要にも参列したのは、女御との春の別れを弔おうとの気持ちなのでしょう）

と詠みましたが、今みるとそれほどよい歌でもなかったようです。その当時は、この歌が他の歌より優れていたのでしょうか、そこにいた人は皆感じ入っていたのでした。

解説

「右の馬の頭なりける翁、目はたがひながら」という文がありますが、その謙遜した言い方は、右の馬の頭であった業平を連想させますし、業平自身の記録があったと思わせる書き方です。しかし物語と史実は違います。西暦八五八年多可幾子は亡くなりました。業平が右の馬の頭になったのは貞観七（八六五）年四十一歳の時です。多可幾子の死後七年経っています。次の年貞観八（八六六）年常行は右大将になっています。この段の文章が書かれたのは、貞観八年以降ということになります。

　なお、ここに登場する藤原常行には、どうも業平の好意が感じられます。常行は藤原北家ですが、後に常行が右大将になった年、応天門の変が起こりました。父の良相は兄良房の策謀に巻き込まれ、亡くなりました。業平は藤原北家に対し好意を持ってはいませんでしたが、この事件で常行に同情の気持ちが生まれたのかもしれません。常行は多可幾子の兄でしたから、この法要の主催者であり、業平たち仲間の、歌の会のパトロンのような存在であったと思われます。

❖第七十八段

むかし、多可幾子と申す女御おはしましけり。うせ給（ひ）て七七日のみわざ、安祥寺にてしけり。右大将藤原の常行といふ人いまそかりけり。そのみわざにまうでたまひて、かへさに、山科の禅師の親王おはします、その山科の宮に、滝落し、水走らせなどして、おもしろくつくられたるにまうでたまうて、「年ごろよそには仕うまつれど、近くはいまだ仕うまつらず。今宵はここにさぶらはむ」と申したまふ。親王よろこびたまうて、夜のおましの設けせさせ給（ふ）。さるに、かの大将、いでてたばかりたまふやう、「宮仕へのはじめに、ただなほやはあるべき。三条の大御幸せし時、紀の国の千里の浜にありける、いとおもし

現代語訳

昔、多可幾子と申し上げる女御がおられました。そのお方が亡くなられて四十九日の法要が安祥寺で行われました。右大将藤原の常行という方がいらっしゃいました。そのご法要に参列なさって、帰り道に山科の禅師の親王がおいでになるその山科の、滝を落とし、小川を流したりなどして、風流に庭園をお造りになっているお邸に参上なさって、「長年よそながらお慕いしておりましたが、お側近くにはまだお仕えしておりません。今夜はここでお側近く伺候いたしましょう」と申し上げなさいました。親王はお喜びになって、夜の酒宴の準備をおさせになりました。ところが、この右大将は席を外して、趣向を凝らしておっしゃることには、「初めて親王にお仕えするのに、まったく何も贈り物なしでよいでしょうか。父の西三条邸に帝が行幸なさった時に、紀の国の千里の浜にあった実にみごとな石を、ある人が父良相に献上しました。しかしそれは帝の行幸の後に献上したので、間に合いませんでした。それである人の女房の局の前の溝に置いてあるのですが、庭園にご趣味のある親王ですので、この石を差し上げましょう」とおっしゃって、警護に当たる御随身（みずいじん）や舎人（とねり）に命じて取りに遣わしました。それほどの時間もかからず、その石を持ってきました。この石は、話に聞いていたよりは、実際見るとみごとなものでした。これをそのまま差し上げたのでは、風情がなさ過ぎるでしょうと言って、お供の人々に歌を詠ませました。右の馬の頭であった人の歌を、石を覆っている青い苔をきざんで蒔絵の模様のようにした石に、この歌を付けて差し上げたのでした。

　飽かねども岩にぞかふる　色見えぬ心を見せむよしのなければ（こんなものでは満足ではないのですが、私の気持ちを岩に代えてお贈り申し上げます。色となって現れない私の真心をお目にかける方法がありませんので）

と詠んだ歌でありました。

解説

前段と同様、藤原常行の登場です。妹の多可幾子の法要の帰り、業平を始めとする取り巻きの人々と共に、山科禅師人康親王のお邸を訪ねました。親王は、皇位継承から外れ、はたまた政治から、女性からも疎遠にならざるを得ず、出家したのか

ろき石奉れりき。大御幸ののち奉れりしかば、ある人の御曹司の前の溝にすゑたりしを、島好み給（ふ）君なり、この石を奉らむ」とのたまひて、御随身、舎人して取りにつかはす。いくばくもなくて持て来ぬ。この石、聞きしよりは見るはまされり。これをただに奉らばすずろなるべしとて、人々に歌よませたまふ。右の馬の頭なりける人のをなむ、青き苔をきざみて、蒔絵の形にこの歌をつけて、奉りける。

飽かねども岩にぞかふる色見えぬ
心を見せむよしのなければ

となむよめりける。

❖第七十九段

むかし、氏のなかに親王生まれ給へりけり。御産屋に、人々、歌よみけり。御

もしれません。業平たちは、権力や富から外れた人に対しても、あたたかく接する風流の士の仲間たちでした。十六段の紀の有常に対する友情と通ずる心です。

現代語訳

昔、在原氏の中に親王がお生まれになりました。産養い（うぶやしな）のお祝いに人々は歌を詠みました。母方の祖父の弟である翁が詠んだ歌です。

祖父方なりける翁のよめる、

わが門に千尋あるかげを植ゑつれば
夏冬誰か隠れざるべき

これは貞数の親王。時の人、中将の子となむ言ひける。兄の中納言行平のむすめの腹なり。

わが門に千尋あるかげを植ゑつれば　夏冬誰か隠れざるべき（我が一門に千尋もの長さの藤を持つ竹を植えましたので、暑い夏も寒い冬も一門の誰がこの竹の下に隠れない者がおりましょうか。一門の誰もが必ず繁栄するでしょう）

これは、貞数の親王のことです。当時の人は本当は業平の子なのだとうわさしました。業平の兄の中納言行平の娘が生んだ方でした。

解説

『伊勢物語』は、在原氏の物語という意識もあるのでしょう。一族に親王が生まれたことは、嬉しいことでした。ただ、後からの注と思われる解説は、事実ではないし、違和感もあり、残念な付け足しです。

❖第八十段

むかし、おとろへたる家に、藤の花植ゑたる人ありけり。弥生のつごもりに、その日、雨そほ降るに、人のもとへ折りて奉らすとてよめる、

濡れつつぞしひて折りつる年のうちに
春はいく日もあらじと思へば

現代語訳

昔、家運の衰えた家に、藤の花を植えた人がおりました。三月弥生の末、雨のしとしと降る日に、その枝を折って、献上させていただきますと言って、詠みました。

濡れつつぞしひて折りつる　年のうちに春はいく日もあらじと思へば（この雨に濡れながら献上しようとわざわざ折りました。三月も末となり、今年の春はもう何日も残っていないと思ってはおりますが）

解説

「おとろへたる家」とは在原氏で、藤の花を献上された家とは、藤原氏であろうと思われます。盛運の藤原氏に対して、心よからず思っていたであろう業平ですが、官位の昇進は願わずにおられなかったのでしょう。何か哀れさも感じます。

❖第八十一段

むかし、左の大臣いまそかりけり。賀茂河のほとりに、六条わたりに、家をいとおもしろくつくりて住みたまひけり。神無月のつごもりがた、菊の花移ろひさかりなるに、紅葉のちくさに見ゆるをり、親王たちおはしまさせて、夜一夜酒飲みし遊びて、夜明けもてゆくほどに、この殿のおもしろきをほむる歌よむ。そこにありけるかたゐ翁、たいしきの下にはひありきて、人にみなよませはててよめる、

塩竈にいつか来にけむ朝なぎに
つりする舟はここに寄らなむ

となむよみけるは、陸奥に行きたりけるに、あやしくおもしろき所所多かりけり。わがみかど六十余国の中に、塩竈と

現代語訳

昔、左大臣であられる方がいらっしゃいました。賀茂川のほとりの六条のあたりに、家を大そう風流に造って住んでおられました。十月の晦日の頃、菊の花の色が移ろい始めて最も美しい時、そして紅葉が色とりどりに見える頃、親王さま方をお招きして一晩中酒宴を催し管絃の遊びを楽しみ、次第に夜が明けてゆく頃、この邸の趣きを讃える歌を詠みました。そこに居合わせたみすぼらしい老人が、板敷きの縁側の下にかがんで歩いてきて、皆が詠み終えるのを待って詠みました。

塩竈にいつか来にけむ　朝なぎにつりする舟はここに寄らなむ（塩竈にいつの間に来ていたのだろう。この朝凪の時に釣りをする舟は、ここに寄ってくるとよいのになあ）

と詠んだのでした。この老人がかつて陸奥に行った時に、物珍しく趣き深い景色の所が沢山ありました。我が国六十余国ある中に、塩竈という所ほど面白い所はありませんでした。それでこの老人はことさらにこの邸を褒めて「塩竈にいつの間に来たのだろう」と詠んだのでした。

解説

この左大臣という方は嵯峨天皇の親王で、臣籍に下り、六条河原の近くに住んでいたので、河原の左大臣ともいわれた源融のことです。彼の邸、河原の院には奥州塩竈を模して庭園を造り、海水を運び、魚や貝を住まわせ、塩を焼くことまでする贅沢さでした。そこは、風流の士の集いの場でもありました。

この日も楽しく一夜を過ごしたようです。業平らしき翁が顔を出します。業平は左大臣の三歳年下でした。「かたゐ翁」と卑下謙遜の言葉で自分を表現するということは、業平自筆の文章なのでしょうか。

また、奇妙なことは、この段で塩竈の美の発見者は翁であると言っています。実際確かに業平は陸奥へ行ったという段もあります。しかし塩竈の美の発見と感動は、左大臣源融のものです。仲間同志の風流人としての同じ心情を示したのかもしれません。

いふ所に似たる所なかりけり。さればなむ、かの翁、さらにここをめでて、「塩竈にいつか来にけむ」とよめりける。

❖第八十二段

むかし、惟喬の親王と申す親王おはしましけり。山崎のあなたに、水無瀬といふ所に、宮ありけり。年ごとの桜の花ざかりには、その宮へなむおはしましける。その時、右の馬の頭なりける人を、常に率ておはしましけり。時世経て久しくなりにければ、その人の名忘れにけり。狩はねむごろにもせで、酒をのみ飲みつつ、やまと歌にかかれりけり。今狩する交野の渚の家、その院の桜ことにおもしろし。その木のもとにおりゐて、枝を折りて、かざしにさして、上、中、下、みな歌よみけり。馬の頭なりける人

現代語訳

昔、惟喬の親王と申し上げる親王がおいでになりました。山崎の向こうの水無瀬という所にその方の離宮がありました。桜の花盛りの頃にはいつもその宮殿にいらっしゃいました。その時には右の馬の頭であった人をいつも連れていらっしゃいました。それから時代が変わり、久しくなりましたので、その人の名は忘れてしまいました。狩りはそれほど熱心でもなく、酒ばかり飲んで和歌作りに熱中しておりました。今回狩りに来た交野の渚の邸、その院の桜が格別趣き深く思われました。その木のもとに馬から降りて腰を下ろして、枝を折って冠に飾りとして挿して、身分の上流・中流・下流の人が皆歌を詠みました。その中で馬の頭だった人が詠みました。

世の中にたえて桜のなかりせば　春の心はのどけからまし（この世の中に全く桜がなかったとしたら、春の人の心はのんびりしたものであったろうに）

と、詠んだのでした。また、他の人の歌、

散ればこそいとど桜はめでたけれ　憂き世になにか久しかるべき（あっさり散るからこそ桜はますますすばらしいのです。そもそもこの世の中に何が変わらずに長続きするものがあるでしょうか）

と詠って、その木のもとから立ち離れて帰ってくると、日が暮れてしまいました。そこへお供をしていた人が、酒を運ばせて野原から現れました。この酒を飲もうと言って適当な所を探して行くと、天の川のほとりに着きました。親王に馬の頭がお酒を差し上げました。すると親王がおっしゃるには「この交野を狩りして天の川のほとりにたどり着きました。これを題にして歌を詠んだ上で盃をさしなさい。そし

のよめる、

世の中にたえて桜のなかりせば
　春の心はのどけからまし

となむよみたりける。また人の歌、

散ればこそいとど桜はめでたけれ
　憂き世になにか久しかるべき

とて、その木のもとは立ちて帰るに、日暮れになりぬ。御供なる人、酒を持たせて、野より出で来たり。この酒を飲みてむとて、よき所を求め行くに、天の河といふ所にいたりぬ。親王に、馬の頭、大御酒まゐる。親王ののたまひける、「交野を狩りて、天の河のほとりにいたるを題にて、歌よみて、盃はさせ」とのたまうければ、かの馬の頭、よみて奉りける、

狩り暮らしたなばたつめに宿からむ
　天の河原にわれは来にけり

たら飲みましょう」とおっしゃったので、かの馬の頭が歌を詠んで差し上げました。

狩り暮らしたなばたつめに宿からむ　天の河原にわれは来にけり（一日中狩りをして過ごして、今夜は織女に宿を借りましょう。私はなんと天の河原にやって来たのです）

親王はその歌を何度も繰り返し口ずさまれて、返歌をすることがおできになれませんでした。ちょうど紀の有常がお供にひかえておりました。その歌の返歌をしました。

一年にひとたび来ます君待てば宿かす人もあらじとぞ思ふ（織女は一年に一度だけおいでになる方（牽牛）を待っているのですから、私たちに宿を貸してくれる人はいないでしょうよ）

帰って、親王は水無瀬の離宮にお入りになりました。そこで夜が更けるまで人々は酒を飲みお話をして、あるじの親王は酔って寝所に入ろうとなさいました。その時、十一日の月も山の端に沈もうとしていたので、かの馬の頭が歌を詠みました。

飽かなくにまだきも月の隠るるか　山の端逃げて入れずもあらなむ（まだ満足していないのに月が隠れるのは早すぎます。山の端が逃げて月を入れないようにしてほしいものです。もっと飲みましょうよ）

親王に代わり申し上げて、紀の有常が歌を詠みました。

おしなべて峰も平らになりななむ　山の端なくは月も入らじを（どの山の峰も一様に平らになってほしい。山の端というものがなければ、月が沈むこともないでしょうから）

解説

この段は、業平が惟喬親王と楽しく過ごして詠んだと思われる三首の歌を中心に、三つの場面に分けることができます。

(1)交野の渚の院での桜の歌です。ここでは上・中・下と身分を三階級に分け、その上で身分に関係なくすべての人が共に歌を詠んだと言うのです。まさに風流の世界の理想郷です。

『土佐日記』にも、任期を終えて京に帰る途中、「かくて、船曳きのぼるに、渚の

親王、歌をかへすがへす誦じたまうて、返しえしたまはず。紀の有常、御供に仕うまつれり。それが返し、

一年にひとたび来ます君待てば
宿かす人もあらじとぞ思ふ

帰りて、宮に入らせ給（ひ）ぬ。夜ふくるまで酒飲み、物語して、あるじの親王、酔ひて入りたまひなむとす。十一日の月も隠れなむとすれば、かの馬の頭のよめる、

飽かなくにまだきも月の隠るるか
山の端逃げて入れずもあらなむ

親王にかはり奉りて、紀の有常、

おしなべて峰も平らになりななむ
山の端なくは月も入らじを

院といふ所を見つつゆく。…故惟喬の親王の御供に、故在原の業平の中将の　世の中に絶えて桜の咲かざらば春のこころはのどけからまし　といふ歌よめる所なりけり」とあり、しみじみと感慨深く書いています。紀貫之の業平に対する尊崇の思いが表れています。すでに「みやび」の理想像として見ていたのかもしれません。

(2)水無瀬の離宮に帰る途中、天の川のほとりで詠んだ歌です。大空のもと、自然の中での楽しい雰囲気が感じられます。

(3)水無瀬の離宮へ帰ってからも、歌と酒で過ごした楽しいひととき、いつまでも続けていたい雰囲気がよくでています。

惟喬の親王と業平はこのように深い交わりをして、親王が出家をし失意のうちに過ごした晩年まで続きます。しみじみ感慨深く、変わらない友情には「みやび」を感じます。

惟喬の親王は、文徳天皇第一の皇子で父帝からの信頼も厚く、母は紀静子で、紀家一族の希望の星でした。しかし権力者藤原良房の娘明子の生んだ皇子が生後八ヶ月で皇太子となりました。このあたりから、敗者に味方する日本独特の発想が生まれ、聡明な惟喬の親王の即位を望む声が生まれたのだろうと推測されます。

また、出家後小野の里に住んだ惟喬の親王には、どういうわけか木地師にまつわる伝説があります。全国の山間で木製品を作る木地師たちは、惟喬の親王を業祖神と仰いでいます。自らを親王の末裔と信じ、同族婚の木地師村落を形成してきました。福島の会津では、藤原・筒井・宮本姓を名乗り、全国でも小倉・大蔵・小椋・佐藤・星姓の人たちに伝えられています。

❖第八十三段

むかし、水無瀬に通ひ給(ひ)し惟喬の親王、例の狩しにおはします供に、馬の頭なる翁仕うまつれり。日ごろ経て、宮に帰りたまうけり。御おくりして、とくいなむと思ふに、大御酒たまひ、禄たまはむとて、つかはさざりけり。この馬の頭、心もとながりて、

枕とて草ひきむすぶこともせじ
秋の夜とだに頼まれなくに

とよみける。時は弥生のつごもりなりけり。親王、おほとのごもらで明かし給(う)てけり。かくしつつまうで仕うまつりけるを、思ひのほかに、御髪おろしたまうてけり。睦月に、をがみ奉らむとて、小野にまうでたるに、比叡の山のふもとなれば、雪いと高し。しひて御室

現代語訳

昔、水無瀬の離宮に通っておられた惟喬の親王が、いつものように狩りをしにいらっしゃいました。そのお供に馬の頭である老人がお仕え申し上げておりました。数日経って京の宮にお帰りになりました。馬の頭は、お送り申し上げ、早く帰ろうと思っていたところ、親王はお酒を下さり、慰労の品を与えようとおっしゃり、家にお帰しになりませんでした。それでこの馬の頭は家に帰れるか心配になって、

枕とて草ひきむすぶこともせじ　秋の夜とだに頼まれなくに(今日はもう草枕を結んで旅寝をすることはいたしますまい。秋の夜ならばゆっくりできますが、今は春の短夜で、それは無理でしょうから)

と詠みました。時はちょうど三月の末なのでした。しかし親王はその夜おやすみにならずに、夜を明かされたのでした。こんな風に親しみをもって何度も参上しお仕え申し上げておりましたが、思いがけずにも御髪をおろして出家なさってしまいました。正月に御年始のご挨拶に伺おうと思い、小野にお訪ねしたところ、比叡山のふもとなので雪が大そう積もっていました。難儀を押して御庵室に参上してご挨拶申し上げましたが、親王は手持ち無沙汰で大そうさびしそうなご様子でおられたので、予定より長くお側にお仕えして、昔の楽しかったことなどを思い出し、お話し申し上げたのでした。このままもっと親王のお側にいたいと思いましたが、朝廷の公務がいろいろあったのでそのままお側にお仕えすることはできず、夕暮れになって帰ろうとして、

忘れては夢かとぞ思ふ　思ひきや雪踏みわけて君を見むとは(ついうっかりこの現実を忘れて夢ではないかと思ってしまいます。こうして雪を踏みわけて我が君にお会いしにくることになろうとは)

と詠んで、泣く泣く京に帰ってきたのでした。

解説

この段は二段構成になっています。まず前段から引き続き、若く楽しげな惟喬の親王との交わり、明るい雰囲気の前半。そして父文徳天皇から愛され利発な親王

にまうでてをがみ奉るに、つれづれといとものがなしくておはしましければ、やや久しくさぶらひて、いにしへのことなど思ひ出で聞えけり。さてもさぶらひてしがなと思へど、おほやけごとどもありければ、えさぶらはで、夕暮れに帰るとて、

忘れては夢かとぞ思ふ思ひきや
雪踏みわけて君を見むとは

とてなむ、泣く泣く来にける。

❖第八十四段

むかし、男ありけり。身はいやしながら、母なむ宮なりける。その母、長岡といふ所に住み給(ひ)けり。子は京に宮仕へしければ、まうづとしけれど、しばしばえまうでず。一つ子にさへありければ、いとかなしうし給ひけり。さるに、

であったが、父文徳は権力者藤原北家に気を使い、親王を立太子できずにいるうち、惟仁親王（清和帝）が皇太子になり、その後も陽成帝と決まりました。ついに二十八歳で出家して失意の人生を送るという後半の、しんみりとした真情が素直にでている感動的な歌を中心に構成されています。その中に身分の違いを越えて、男の友情、主君への純粋な愛を詠っています。

親王の心情を察する業平の気持ちなど、微妙な心の動きをうまくすくい上げて、余すところなく愛の物語、美しい主従関係・男の友情を表現しています。単なる写実でなく創造でありながら、内面のありのままの姿を映しだしています。

現代語訳

昔、男がおりました。官位は低かったけれど、母は内親王でありました。その母宮は長岡という所に住んでおられました。子は京で朝廷に仕えていたので、母宮の所へ伺おうとしてもたびたびは伺えませんでした。一人っ子でさえあったので母宮は大そうかわいがっておられました。そんな時、暮れの十二月の頃至急の用件といってお手紙がありました。

老いぬればさらぬ別れのありといへば　いよいよ見まくほしき君かな（年をとると、どうしても避けることのできない死という別れがあると言いますので、ますますあなたに会いたい気がします。いつ死ぬかわからないので、今すぐ会

師走ばかりに、とみのこととて御文あり。おどろきて見れば、歌あり。

老いぬればさらぬ別れのありといへば
いよいよ見まくほしき君かな

かの子、いたううち泣きてよめる、

世の中にさらぬ別れのなくもがな
千代もと祈る人の子のため

いに来てほしいのです）

その子はひどく泣いて歌を詠みました。

世の中にさらぬ別れのなくもがな　千代もと祈る人の子のため（世の中に死という避けられない別れなどあってほしくありません。親には千年も長生きしてほしいと祈っている子のために）

解説

業平の母、伊都内親王は桓武天皇の皇女で、平城天皇の皇子阿保親王と結婚しました。平安京遷都前の長岡京に土地を持ち、住んでいました。現在国宝となっている『伊都内親王願文』という、空海・嵯峨天皇とともに三筆として知られた、橘逸勢筆の書があります。これは、伊都内親王の生母平子の供養のため、その遺言に従って寄進したもので、内親王の署名と手形があります。百済系の富裕な一族でもありました。

その母からかわいがられて育った業平にとって、老いた母への情愛は、切ないものでした。

❖第八十五段

むかし、男ありけり。童より仕うまつりける君、御髪おろしたまうてけり。睦月にはかならずまうでけり。おほやけの宮仕へしければ、常にはえまうでず。されど、もとの心うしなはでまうでけるになむありける。むかし仕うまつりし人、俗なる、禅師なる、あまた参り集りて、

現代語訳

昔、男がおりました。子どもの頃からお仕え申し上げた君が、剃髪、出家してしまわれました。その後も正月には必ずご挨拶に参上しておりました。男は朝廷に勤務していたので、いつもいつも参上するわけにはいきませんでした。けれども昔の真心を失わずに参上しているのでした。以前その君にお仕えしていた人で俗人も法師になった人も大勢集まって、正月だから特別だというわけでお酒を賜わったのでした。雪がはげしく降って一日中やみませんでした。人々は皆酒に酔って「雪に降りこめられたり」という題で歌を詠むことになりました。

思へども身をしわけねば目離れせぬ雪の積るぞわが心なる（いつもわが君のことを思っていますが、朝廷の務めがあるため、身を二つに分けることはできませんのでお会いすることができません。今雪に降りこめられてここにいるの

睦月なればことたつとて、大御酒たまひけり。雪こぼすがごと降りて、ひねもすにやまず。みな人酔ひて、雪に降りこめられたりといふを題にて、歌ありけり。

思へども身をしわけねば目離れせぬ
　雪の積るぞわが心なる

とよめりければ、親王、いといたうあはれがりたまうて、御衣ぬぎてたまへけり。

❖第八十六段

むかし、いと若き男、若き女をあひ言へりけり。おのおの親ありければ、つつみて言ひさしてやみにけり。年ごろ経て、女のもとに、なほ心ざし果さむとや思ひけむ、男、歌をよみてやれりけり。

今までに忘れぬ人は世にもあらじ
　おのがさまざま年の経ぬれば

は、私の望むところです）と詠んだので、親王は非常に感動なさって、お着物を脱いで男に下さったのでした。

解説

八十二段・八十三段と同様、惟喬親王との友情物語です。この段では、忙しい身でありながら、親王と共に時間を過ごそうという業平の気持ちを込めた歌に、親王は感動したのです。権力や位から遠のいた人とも終生離れることなく、側近として仕えた業平の物語は、若い頃の奔放な愛の物語とは一味違った、人生の哀歓をより深く感じさせる物語になっています。

現代語訳

昔、大そう若い男が、若い女と互いに愛し合っておりました。男も女もそれぞれ親がいたので、気兼ねして愛の語らいをやりかけて途中でやめてしまいました。しばらくして女のもとに、やはり本来の思いを遂げたいと思ったのでしょうか、男は歌を詠んで贈ったのでした。

今までに忘れぬ人は世にもあらじ　おのがさまざま年の経ぬれば（今まで忘れないでいた人などいないのでしょうね。私のことなど忘れてしまったでしょう。お互いそれぞれの生活をして過ごしてきましたから）

と言って、後はそれきりになってしまいました。男も女も互いに目にする同じ所に宮仕えしていたのでした。

とてやみにけり。男も女も、あひ離れぬ宮仕へになむいでにける。

❖第八十七段

むかし、男、津の国、菟原の郡、蘆屋の里に、しるよしして、行きて住みけり。むかしの歌に、

蘆の屋の灘の塩焼きいとまなみ
　黄楊の小櫛もささず来にけり

とよみけるぞ、この里をよみける。ここをなむ、蘆屋の灘とはいひける。この男、なま宮仕へしければ、それを頼りにて、衛府の佐ども集り来にけり。この男の兄も衛府の督なりけり。その家の前の海のほとりに遊びありきて、「いざ、この山の上にありといふ布引の滝、見にのぼらむ」と言ひて、のぼりて見るに、その滝、ものよりことなり。長さ二十丈、

解説

男が「なほ心ざし果さむとや」とありながら、あまり積極的でない内容の歌を贈ったのは、男のあいまいな気持ちからなのでしょうか。女はそれを感じて返事を出さず、それきりになってしまったということなのでしょうか。

現代語訳

昔、男が、摂津の国菟原の郡蘆屋の里に領地があったので、そこへ行って住んでおりました。昔の歌に、

蘆の屋の灘の塩焼きいとまなみ　黄楊の小櫛もささず来にけり（蘆屋の灘の浜の塩焼きする人は忙しくて暇がないので黄楊の小櫛も挿さずに過ごしてきましたよ）

と詠んだのは、この里のことを詠んだのです。ここを蘆屋の灘と言っておりました。この男は一応宮仕えしていたので、その縁で宮中警護の衛府の佐たちが集まってきました。この男の兄は衛府の長官なのでした。その家の前の海岸沿いを遊び歩いて「さあ、この山の上にあるという布引の滝を見に登りましょう」と言って登ってみると、その滝は普通の滝とは様子が異なっていました。長さ二十丈、幅は五丈ほどの石の表面を白い絹で包んでいるようでした。そんな滝の上に円座位の大きさで、突き出ている石がありました。その石の上にほとばしる水は、小柑子（しょうこうじ）や栗の大きさで零（こぼ）れ落ちていました。男はそこにいる人皆に滝の歌を詠ませました。男の兄の衛府の長官がまず詠みました。

わが世をば今日か明日かと待つかひの涙の滝といづれ高けむ（自分が時めく時を今日か明日かと待つ甲斐もなく滝のように流れ落ちる涙と、この布引の滝と、どちらが高いことでしょう）

あるじの男が次に詠みました。

ぬき乱る人こそあるらし　白玉のまなくも散るか袖のせばきに（白玉の紐を抜いてばらばらにしている人がいるらしい。白玉が次から次へと散るように落ち

広さ五丈ばかりなる石のおもて、白絹に岩をつつめらむやうになむありける。さる滝の上に、藁座の大きさして、さしいでたる石あり。その石の上に走りかかる水は、小柑子、栗の大きさにてこぼれ落つ。そこなる人にみな滝の歌よます。かの衛府の督、まづよむ、

　わが世をば今日か明日かと待つかひの
　　涙の滝といづれ高けむ

あるじ、次によむ、

　ぬき乱る人こそあるらし白玉の
　　まなくも散るか袖のせばきに

とよめりければ、かたへの人、笑ふことにやありけむ、この歌にめでてやみにけり。

帰り来る道遠くて、うせにし宮内卿もちよしが家の前来るに、日暮れぬ。宿りの方を見やれば、海人の漁火多く見ゆる

てくることです。受け止める私の袖は狭いのに）
と詠んだところ、傍らにいた人たちは、男の兄の歌がおかしな歌だと笑っていたのか、この歌に感激して、歌を作るのをやめてしまいました。

　帰りの道のりが遠くて、途中亡くなった宮内卿〝もちよし〟の家の前を通りかかった時、日が暮れてしまいました。我が家の方を見やると、海人の釣り舟の漁火が沢山見えるので、例のあるじの男が歌を詠みました。

　晴るる夜の星か　河辺の蛍かも　わが住む方の海人のたく火か（あのちらちら光っているのは何なのでしょう。晴天の星の光か、それとも河辺を飛んでいる蛍なのか、あるいは我が家の方で海人がたいている漁火なのでしょうか）

と詠んで家に帰ってきました。その夜は南の風が吹いて波が大そう高く立っていました。

　翌朝、その家の女の子たちが海岸へ出て、波に打ち寄せられた海松（みる）を拾って家の中に持ってきました。女たちの方からその海松を高坏に盛って、柏の葉をかぶせて出してきました。その柏の葉に歌が書いてありました。

　わたつうみのかざしにさすといはふ藻も　君がためにはをしまざりけり（海の神が冠の飾りに挿すものとして大事に守っている海藻も、あなたのためには、惜しまず分けてくれました）

　田舎人の歌にしては、十分でしょうか、足りないでしょうか。

解説

この段は、業平の領地であった蘆屋の里に、兄や仲間たちと連れ立って遊行した時の様子を書いています。布引の滝を見た時の兄行平の歌は、身の不遇を嘆いた歌です。掛詞などをうまく使った歌ですが、当時行平はその場にいた人たちの中で、佐兵衛の督であり最も出世していました。他に連なる人の気持ちを詠ったともいえますが、少々不自然に感じた人もいたかもしれません。その後業平が詠んだ歌は、同じく身の不遇を嘆いた歌ですが、白玉が流れ落ちるような美しい滝の様子を詠いながら、「袖のせばきに」と、それとなくはぶりがよくないことを示す感動的な歌なのでした。

　漁火を見て詠った歌も、日が暮れたので見えた星なのか、「うせにし宮内卿」の家の前で見た光を、亡くなった宮内卿の魂の光が蛍になって飛んでいるのか、と連

に、かのあるじの男、よむ、

晴るる夜の星か河辺の螢かも
わが住む方の海人のたく火か

とよみて、家に帰り来ぬ。その夜、南の風吹きて、浪いと高し。つとめて、その家の女の子どもいでて、浮き海松の浪に寄せられたるひろひて、家のうちに持て来ぬ。女方より、その海松を高坏にもりて、柏をおほひていだしたる、柏に書けり。

わたつうみのかざしにさすといはふ藻も
君がためにはをしまざりけり

ゐなか人の歌にては、あまれりや、たらずや。

想し、歌の内容が、あたりの情景にぴったり当てはまります。

業平の蘆屋の家には、現地妻ともいえる女性と家族がいたのでしょうか。三十三段にも津の国に住む、歌を詠む女性が登場します。どちらも田舎の女性にしては上出来と思っている夫業平がいることを示す作者評がついています。

❖第八十八段

むかし、いと若きにはあらぬ、これかれ友だちども集りて、月を見て、それがなかにひとり、

おほかたは月をもめでじこれぞこの
積れば人の老いとなるもの

現代語訳

昔、それほど若いとは言えない人たち、あれこれ仲間たちが集まって、月を見て、その中の一人が歌を詠みました。

おほかたは月をもめでじ　これぞこの積れば人の老いとなるもの（いい加減な気持ちで月を愛でるのはもうやめましょう。月の満ち欠けは積り積れば人が年をとることなのだから）

解説

もういい年をした男たちが集まった時、中の一人が詠った歌は、月に老いを感じる発想の歌でした。眺めたその時その瞬間の月を愛でる歌が多い中、この歌は、暦の役割をする時間的な感覚で月を見ています。ああ、そういう見方もあるのかと、一行の空気は一変したと思われます。

❖第八十九段

むかし、いやしからぬ男、われよりはまさりたる人を思ひかけて、年経ける。

人知れずわれ恋ひ死なばあぢきなく
いづれの神になき名負ほせむ

現代語訳

昔、身分のいやしくない男が、自分よりは身分の高い女に懸想して、何年か経ちました。

人知れずわれ恋ひ死なば　あぢきなくいづれの神になき名負ほせむ（私が、あなたへの人知れぬ恋に焦がれ死んだならば、情けなくも神の祟りで死んだのだろうと言われて、どの神様にこの責任を負わせようとするのでしょう）

解説

この歌は、二条の后を念頭に置いて作られた歌なのでしょうか。業平と思われる男の歌は、「世間では、私があなたに恋しているとは知らないので、何の祟りで死んだのだろうと言われるでしょう。せめてかなわぬ恋でも、あなたを恋した男として死にたい」という意味になります。昔は、突然の死は神の祟りと考えたことがわかります。

❖第九十段

むかし、つれなき人をいかでと思ひわたりければ、あはれとや思ひけむ、「さらば、明日、ものごしにても」と言へりけるを、かぎりなくうれしく、またうたがはしかりければ、おもしろかりける桜につけて、

桜花今日こそかくもにほふとも
あな頼みがた明日の夜のこと

といふ心ばへもあるべし。

現代語訳

昔、男が、自分に冷たい人を何とかして恋人にしたいと思い続けておりましたので、相手の女の人もしみじみと感じたのでしょうか、「それでは明日、几帳越しにでも」と言ったので、男は嬉しくて、また一方では本当かなと疑わしく思ったので、ちょうど風流に咲いていた桜の枝に歌を付けて贈りました。

桜花今日こそかくもにほふともあな頼みがた　明日の夜のこと（桜の花は今日、こんなに美しく咲いていますが、桜は散りやすいものです。明日はどうなることでしょう。ああ、信頼しがたいことよ。あなたとの明日の夜のことは）

そんな気持ちもあったのでしょうよ。

解説

四十七段の、男に冷淡だった話の女を連想させます。男にとっては、嬉しくてたまらない一方、これまでのつれなさを思うと、不安になって歌を贈ったということなのでしょう。

❖第九十一段

むかし、月日の行くをさへ歎く男、弥生のつごもりがたに、

をしめども春のかぎりの今日の日の
夕暮れにさへなりにけるかな

現代語訳

昔、月日が過ぎていくことを嘆く男が、弥生三月の末頃に、歌を詠みました。

をしめども春のかぎりの今日の日の夕暮れにさへなりにけるかな（いくら惜しんでも春は今日で終わりという、その日の夕暮れになってしまいましたよ）

解説

時の移ろいを惜しむ気持ちを詠んだ点では、八十八段の続きのように思われます。人生のはかなさをも感じさせる歌です。瞬間瞬間の思いを切り取り、歌に詠む感受性がすばらしいと思います。

❖第九十二段

むかし、恋しさに来つつ帰れど、女に消息をだにえせでよめる、

　蘆辺こぐ棚なし小舟いくそたび
　　行きかへるらむ知る人もなみ

❖第九十三段

むかし、男、身はいやしくて、いとになき人を思ひかけたりけり。すこし頼みぬべきさまにやありけむ、ふして思ひ、起きて思ひ、思ひわびてよめる、

　あふなあふな思ひはすべしなぞへなく
　　高きいやしき苦しかりけり

むかしも、かかることは、世のことわりにやありけむ。

現代語訳

昔、男が、恋しいあまり、足しげく来ては帰り来ては帰りしていましたが、女に便りをすることさえできずに、歌を詠みました。

蘆辺こぐ棚なし小舟いくそたび行きかへるらむ　知る人もなみ（蘆の生えた岸辺を漕ぐ、棚もない小舟は、いったいどれほど行きつ戻りつを繰り返すのでしょう。誰も知らないままに）

解説

八十九段と同様、二条の后を連想させる話です。男の一途な思いがかなわぬはかない恋の一端を詠ったものと思われます。

現代語訳

昔、男が、自分の官職は低いのに、相手は比べようもないほど高貴な方を恋しておりました。少しばかり期待できそうな様子の時もあったのでしょうか、横になってはその人のことを思い、起きてはまたその人のことを思い、そのつらい思いに耐えかねて歌を詠みました。

あふなあふな思ひはすべし　なぞへなく高きいやしき苦しかりけり（恋は身分相応にすべきでした、相手との身分を比べたりせずに。身分が高かったり低かったりすると、恋も苦しくなることです）

昔も、このような身分違いの恋の苦しさは、世間で当たり前のことだったのでしょうか。

解説

「ふして思ひ、起きて思ひ」という言葉は、五十六段にもみられます。どちらもかなわぬ恋の思いに苦しんで歌を詠むという設定になっています。『伊勢物語』作者

❖第九十四段

むかし、男ありけり。いかがありけむ、その男住まずなりにけり。のちに男ありけれど、子ある仲なりければ、こまかにこそあらねど、時々もの言ひおこせけり。女方に、絵かく人なりければ、かきにやれりけるを、今の男のものすとて、一日二日おこせざりけり。かの男、「いとつらく、おのが聞ゆることをば、今までたまはねば、ことわりと思へど、なほ人をば恨みつべきものになむありける」とて、ろうじてよみてやれりける、時は秋になむありける。

秋の夜は春日忘るるものなれや
霞に霧や千重まさるらむ

の常套のリズミカルな表現法でもありました。なお、八十八段と九十一段、八十九段と九十二・九十三段、九十段と九十五段はそれぞれ似たような女性を連想させ、発想が似ています。なぜわざと交互に段を置いたのか、興味あるところです。

現代語訳

昔、男がおりました。どういうわけだったか、その男は女のもとへ通い続けなくなりました。後にその女には別の男ができましたが、前の男との間には子どもがいる仲でしたので、親密とはいかなくても、時々は女に便りを出してよこしました。女は絵を描く人だったので、男は女に絵を描いてほしいと頼んでおいたところ、新しい男が来ているからと言って、一日、二日返事をよこしませんでした。それで男は、「随分薄情だと思います。私がお願いしているのに、今になっても描いていただけないのは、無理もないとは思うものの、やはりあなたに恨みの一言も言いたくなりますよ」と書いて皮肉って歌を詠んでやりました。季節はちょうど秋でした。

秋の夜は春日忘るるものなれや　霞に霧や千重まさるらむ（秋の夜になると以前の春の日のことなど忘れてしまうものなのでしょうか。春の霞より秋の霧の方が千倍も勝っていると思うのでしょうかねえ）

と、詠んだのでした。女は返しの歌を詠みました。

千々の秋一つの春にむかはめや　紅葉も花もともにこそ散れ（千の数の秋であっても一つの春にかなうでしょうか。しかし、秋の紅葉も春の桜の花もどちらも結局散ってしまうのです。

解説

秋を今の男、春を前の男にたとえた、皮肉たっぷりな男の歌に対して、女も対抗するに十分な皮肉を込めた歌を届けたのでした。なかなか巧みな歌です。「あなたにかなうものではありません」と言いながら、下の句で「あなたも彼もどうせ同じなのです」と皮肉ったのでした。女性としての強さも感じられます。

となむよめりける。女、返し、

千々の秋一つの春にむかはめや
紅葉も花もともにこそ散れ

❖第九十五段

むかし、二条の后に仕うまつる男ありけり。女の仕うまつるを、常に見かはして、よばひわたりけり。「いかでものごしに対面して、おぼつかなく思ひつめたること、すこしはるかさむ」と言ひければ、女、いと忍びて、ものごしにあひにけり。物語などして、男、

彦星に恋はまさりぬ天の河
へだつる関を今はやめてよ

この歌にめでてあひにけり。

現代語訳

昔、二条の后にお仕え申し上げる男がおりました。同じ后にお仕えする女を互いに見かけることがあり、求愛し続けていました。「何とか簾越しにでもお逢いして、思いつめてすっきりしない心を晴らしたい」と言ったところ、女は男の言葉にほだされて、こっそりと物越しに逢ったのでした。いろいろ話などをして、男が、

彦星に恋はまさりぬ　天の河へだつる関を今はやめてよ（私の恋は、あの彦星の恋よりも勝ってしまいました。天の川のような私たちの間をへだてている物越しの関を今は取って下さい。直接お逢いしたいのです）

この歌に感心して、女は男に逢ったのでした。

解説

歌の巧みさが功を奏して、女の心を解かし、望みどおり逢うことができました。この段は、二条の后と業平の関係を連想すると同時に、また別の宮中での恋の気分もあったことがわかります。四十七段を始め、八十六段・九十段ともつながりを感じさせます。

❖第九十六段

むかし、男ありけり。女をとかく言ふこと月日経にけり。石木にしあらねば、心苦しとや思ひけむ、やうやうあはれと思ひけり。そのころ、水無月の望ばかりなりければ、女、身にかさ一つ二ついできにけり。女言ひおこせたる、「今はなにの心もなし。身に、かさも一つ二ついでたり。時もいと暑し。すこし秋風吹き立ちなむ時、かならずあはむ」と言へりけり。秋待つころほひに、ここかしこより、その人のもとへいなむずなりとて、口舌いできにけり。さりければ、女の兄人、にはかに迎へに来たり。されば、この女、かへでの初紅葉をひろはせて、歌をよみて、書きつけておこせたり。

　　秋かけて言ひしながらもあらなくに

現代語訳

　昔、男がおりました。女をいろいろ口説いているうち、月日が過ぎていきました。女も非情な石や木ではありませんから、そのままでは気の毒だと思ったのでしょうか、次第にしみじみと愛するようになりました。時はちょうど六月の十五夜の頃でしたので、暑い盛りで、体にできものが一つ二つできていました。それで女が言ってよこしたことは、「今はあなたの気持ちに対して何の異存もありません。ただ体にできものが一つ二つできました。時節も大そう暑いです。少し秋風が吹き始める頃になったら、必ずお逢いしましょう」と言ってきたのでした。ところが秋が近づいた頃になって、あちこちから、あの男のもとへ女が行こうとしているそうだと、女の家族のもとに非難が寄せられました。そういうわけで、女の兄弟が急に迎えに来ました。それでこの女は楓の初めて紅葉した落ち葉を拾わせて、歌を詠んでその楓の葉に書き付けてよこしました。

　　秋かけて言ひしながらもあらなくに　木の葉降りしくえにこそありけれ（秋になったらお逢いしましょうと約束していながら、秋が来た途端に逢えなくなり、木の葉が降り敷くだけのはかないご縁でございましたね）

と書き置いて、「あの方から使いをよこしたら、これを渡しなさい」と言って、どこかへ行ってしまいました。

　さて、その後の消息はついに今日までわかりません。女は幸せでいるのやら、不幸せでいるのやら、往ってしまった所もわかりません。その男は天の逆手を打って、呪っているそうです。恐ろしいことですよ。人の呪いごとというものは、本当に相手の身にふりかかるものなのでしょうか。そんなことは無いのでしょうか。「そのうちきっとわかるだろう」と、男は言っているのでした。

解説

　この段は異様な雰囲気を持ち、それでいながら物語性のある段です。女性を「石木にしあらねば」と言い、「身にかさ」ができた女性の登場というのも珍しい。六月十五日頃という暑い時節がら、かさというのは、あせものような吹き出物、あるいは虫刺され、だと思われますが、それにしても異様に思われます。その女性を家

木の葉降りしくえにこそありけれ

と書き置きて、「かしこより人おこせば、これをやれ」とて、いぬ。さて、やがてのち、つひに今日まで知らず。よくてやあらむ、あしくてやあらむ、いにし所も知らず。かの男は、天の逆手を打ちてなむ、のろひをるなる。むくつけきこと。人ののろひごとは、負ふものにやあらむ、負はぬものにやあらむ。「今こそは見め」とぞ言ふなる。

族が急にどこかへ隠してしまいました。とっさに女は歌を詠んで男に託しました。歌のうまい女性でした。その後男は「天の逆手を打ちて」呪ったということですが、これは、女を隠した「兄人」など家族を呪ったのであって、女性を呪ったのではありません。むしろ四段・五段・六段との繋がりを連想させます。

❖第九十七段

むかしほりかはのおほいまうちきみと申すいまそかりけり　四十の賀　九条の家にてせられける日　中将なりけるおきな

現代語訳

昔、堀河の大臣と申すお方がおいでになりました。四十の賀のお祝いを九条の家でなさったその日、中将であった翁が歌を詠みました。

桜花　散り交ひ曇れ　老いらくの来むといふなる道まがふがに（桜花よ散り乱れてあたりが見えないように曇らせて下さいよ。「老い」がやって来るというその道がわからなくなるように）

解説

「堀河の大臣と申す」方は、六段にも登場します。業平がひそかに通った、高子の兄にあたる人です。藤原北家の長者藤原長良の養子になった基経です。その方の四十の賀のお祝いに集まった人たちが、次々と祝賀の歌を読み上げました。しかし、「中将なりける翁」の詠んだ歌は、「散り・曇れ・老いらく」という祝賀の歌らしからぬ言葉が散りばめられています。その場で聞いていた人たちは、一瞬はっとしたに違いありません。「道まがふがに」の結句でめでたく収まり、その場を丸く治めるために、すばらしいと賞賛したことでしょう。しかし、業平の藤原氏への思いを知っている人は心中快哉したのではないでしょうか。この歌は、『古今集』に賀の歌として載っています。一般的には表立って権力批判の歌とはしていません。

❖第九十八段

現代語訳

昔、太政大臣と申し上げる方がおられました。お仕え申し上げている男が、長月九月頃に、造花の梅の枝に雉をつけて差し上げる、と言って、

わが頼む君がためにと折る花は時しもわかぬものにぞありける（私が頼りにしているご主人のためにと折った花は、このように季節に関係なく咲くのでございます）

と詠んで献上したところ、大そう深く満足なさって、その使いの者にごほうびをお授けになりました。

解説

この段の太政大臣と申し上げる方は、前段の堀河の大臣基経の養父である良房のことです。仕うまつる男は業平なのかもしれません。九月に季節はずれの梅の造花に雉をつけて贈った時の歌は、「ときしもわかぬ」の中に雉を読み込んだ物の名の歌になっています。贈り物を物の名に読む技巧的な歌だけでなく、前段と同じように何かきわどさも感じます。季節はずれの造花は結局はかない作り物のイメージを与えます。

❖第九十九段

むかし、右近の馬場のひをりの日、むかひに立てたりける車に、女の顔の、下すだれよりほのかに見えければ、中将なりける男のよみてやりける、

見ずもあらず見もせぬ人の恋しくは
あやなく今日やながめ暮らさむ

返し、

知る知らぬなにかあやなくわきて言はむ
思ひのみこそしるべなりけれ

のちは誰と知りにけり。

現代語訳

昔、右近の馬場のひをり（予行演習）の日に、馬場の向こう側に停めてあった牛車の下簾から、女の顔がかすかに見えたので、中将であった男が、歌を詠んでやりました。

見ずもあらず見もせぬ人の恋しくはあやなく今日やながめ暮らさむ（見ていないのでもなく、かと言って見たともいえない人のことが恋しくて、今日はただぼんやりと物思いにふけって過ごすことになるのでしょうか）

女から返しの歌が届きました。

知る知らぬなにかあやなくわきて言はむ　思ひのみこそしるべなりけれ（知ったとか知らないとかどうしていい加減に区別して言えましょうか。恋の道は「思ひ」という火のみが道しるべになるのですから）

後には、その女が誰だとわかりました。――逢うことになったのでした。

解説

この話は、『古今集』ばかりでなく『大和物語』や『今昔物語集』にも似た話が載っていて、有名な話だったようです。「中将なりける男」はもちろん業平です。「ひをり」は引き折りで、真手結のこととする意と、「日・をり」で、をりは馬場の埒（らち）のこととする意があります。

❖第百段

むかし、男、後涼殿のはさまを渡りければ、あるやむごとなき人の御局より、忘れ草を、「しのぶ草とや言ふ」とて、

現代語訳

昔、男が、後涼殿の渡り廊下を通った時、ある高貴な方の御局より、「私をしのぶというのですか。それともお忘れですか」と言って、忘れ草を御簾の中から差し出させなさったので、それをいただいて、

いださせたまへりければ、たまはりて、
忘れ草生ふる野辺とは見るらめど
こはしのぶなりのちも頼まむ

忘れ草生ふる野辺とは見るらめど　こはしのぶなり　のちも頼まむ（このあたりは忘れ草の生えている野原だと思うでしょうが、そのとおりこれはしのぶ草です。この名の如く、あなたが私を偲んで下さるのなら、これから先も期待しましょう）

解説

「いださせたまへりければ」という最高敬語を使っているところから、男が歌を贈ったのは「あるやむごとなき」その人自身だったのでしょう。私を忘れず偲んで下さっていると知ったからには、望みを捨てません、と詠んだのです。当然二条の后高子を連想します。若き頃の二人の悲恋を思い起こします。

❖第百一段

むかし、左兵衛の督なりける在原の行平といふありけり。その人の家によき酒ありと聞きて、上にありける左中弁藤原の良近といふをなむ、まらうとざねにて、その日はあるじまうけしたりける。なさけある人にて、かめに花をさせり。その花の中に、あやしき藤の花ありけり。花のしなひ、三尺六寸ばかりなむありける。それを題にてよむ。よみはてがたに、あるじのはらからなる、あるじし

現代語訳

昔、佐兵衛督であった在原行平という人がおりました。その人の家によい酒があると聞いて人が集まってきたので、殿上人の左中弁藤原良近という人を正客として、その日はもてなしの宴を設けたのでした。行平は風流のわかる人で瓶に花を挿しておりました。その花の中にあきれるほどみごとな藤の花がありました。花のたれた房は三尺六寸ほどもありました。それを題にして歌を詠みました。ちょうど皆が歌を詠み終わった頃に、主人行平の兄弟である人が、兄の家で宴会をしていると聞いてやって来ましたので、引き止めて歌を詠ませました。その人は歌のことは知らなかったので、固辞しましたが、皆が無理やり詠ませたので、こう詠みました。

咲く花の下にかくるる人おほみ　ありしにまさる藤のかげかも（大きく咲いている花の下に入ってかくれる人が多いので、これまで以上に大きな藤の木陰ですね）

「どうしてそんな歌を詠むのですか」と人々が言うので、「太政大臣（藤原良房）が栄華の絶頂にいらっしゃって、藤原氏が格別に栄えるのを思って詠みました」と言いました。そこにいる人は皆非難するのをやめたのでした。

たまふと聞きて来たりければ、とらへてよませける。もとより歌のことは知らざりければ、すまひけれど、しひてよませければ、かくなむ。

咲く花の下にかくるる人おほみ
ありしにまさる藤のかげかも

「など、かくしもよむ」と言ひければ、「太政大臣の栄花のさかりにみまそかりて、藤氏のことに栄ゆるを思ひてよめる」となむ言ひける。みな人、そしらずなりにけり。

❖第百二段

むかし、男ありけり。歌はよまざりけれど、世の中を思ひ知りたりけり。あてなる女の、尼になりて、世の中を思(ひ)うむじて、京にもあらず、はるかなる山里に住みけり。もと親族なりけれ

解説

「あるじのはらからなる」人は業平です。正客の左中弁良近は藤原氏ですが、式家であり、北家が栄華を極めている時なので、傍流になります。

この歌は、三つの受け止め方が考えられます。

(1)業平と思われる詠者の説明のように、藤原良房太政大臣の栄華の盛りの時で、藤原氏の栄えることを思って詠んだ歌。

(2)藤原氏の庇護をこうむる人が多いから、在原氏を差し置いて藤原氏の傍流がちやほやされていることよ、という藤原一門への皮肉の歌ですが、非難されてもうまくかわせる道は用意していたのでした。しかしあてつけがましく、かなりきわどい歌には違いないでしょう。

(3)良近のような立派な人がいるので、藤原氏も栄えるのでしょうと、彼に親しみをもって詠った歌。彼は業平と同期の仲間で似た境遇でもありました。

現代語訳

昔、男がおりました。歌は詠みませんでしたが、世間のことについてはよく知っていました。高貴な女の人が尼になって、世間をわずらわしく思い、京には住まずに遠い山里に住んでおりました。もともと親族でしたので、歌を詠んでやったのでした。

そむくとて雲には乗らぬものなれど世の憂きことぞよそになるてふ（世間を捨てて尼になられたといっても、雲に乗る仙人になったわけではないでしょうに。世間のつらいことはもう別世界のことになってしまうということなので

ば、よみてやりける、
そむくとて雲には乗らぬものなれど
世の憂きことぞよそになるてふ
となむ言ひやりける。
斎宮の宮なり。

しょうか）
と詠んでやりました。
それは斎宮の宮様のことなのでした。

解説

「歌はよまざりけれど」と謙遜しているところから、業平自身が書いたと思われます。「もと親族なりければ」と言いわけしながら歌を贈ったのでした。これまでの世の憂きことは、業平と斎宮にとっても忘れがたいことだったろうと想像できます。「斎宮の宮なり」とは後人の解説です。なお、斎宮の宮恬子内親王は、惟喬親王の二歳年下の妹で、文徳天皇と紀静子との間に生まれた方です。業平の妻は紀有常の女で、斎宮の宮とはいとこにあたります。

❖第百三段

むかし、男ありけり。いとまめにじちようにて、あだなる心なかりけり。深草の帝になむ仕うまつりける。心あやまりやしたりけむ、親王たちの使ひたまひける人をあひ言へりけり。さて、

寝ぬる夜の夢をはかなみまどろめば
いやはかなにもなりまさるかな

となむよみてやりける。さる歌のきたなげさよ。

現代語訳

昔、男がおりました。大そうまじめで実直な人でしたので、軽薄な心はありませんでした。深草の帝（仁明天皇）にお仕え申し上げておりました。ところが心得違いでもあったのでしょうか、深草の帝の親王様たちが召し使っておられた人と愛し合ってしまいました。さてそこで、

寝ぬる夜の夢をはかなみまどろめば　いやはかなにもなりまさるかな（あなたと逢って共に寝た夜が夢のようにはかなかったので、家に帰ってちょっとまどろむと、あれは夢だったのか現実だったのかわからなくなってしまうことです。はかなさを感じます）

と詠んでやりました。なんとその歌の聞き苦しいことよ。

解説

深草の帝は仁明天皇のことです。亡くなられた後の御陵が京の深草にありました。帝の親王様方にお仕えしていた人と、恋に落ちたことへの気がかりが、業平自身の「きたなげさよ」という歌の評価になったのでしょうか。

この歌は『古今集』恋の部に、後朝の歌・業平作として載っています。

❖第百四段

むかし、ことなることなくて、尼になれる人ありけり。かたちをやつしたれど、ものやゆかしかりけむ、賀茂の祭見にいでたりけるを、男、歌よみてやる、

世をうみのあまとし人を見るからに
　めくはせよとも頼まるるかな

これは、斎宮のもの見たまひける車に、かく聞えたりければ、見さして帰り給(ひ)にけりとなむ。

現代語訳

昔、特別な事情もなく尼になった人がおりました。尼姿に変えたけれど、物見をしたかったのでしょうか、賀茂の祭を見に出掛けた時、男が歌を詠んでやりました。

世をうみのあまとし人を見るからに　めくはせよとも頼まるるかな（この世をつらいものと思い尼になられた人とお見受けしますので、あなたの方から目配せして下さらないかとつい頼みに思ってしまいます）

これは、斎宮が祭見物なさっていた車に、このように歌をお贈りしたので、斎宮は見物を途中でやめてお帰りになったということです。

解説

百二段との繋がりを連想させる歌です。伊勢斎宮恬子内親王は十六歳で伊勢に下り、十九年間過ごし、清和天皇崩御により斎宮を辞し、京に戻りました。その後は俗世間から距離を置き、山里に住み尼姿で過ごしました。六十七歳位で亡くなられたようです。

❖第百五段

むかし、男、「かくては死ぬべし」と言ひやりたりければ、女、

白露は消なば消ななむ消えずとて
　玉にぬくべき人もあらじを

と言へりければ、いとなめしと思ひけれ

現代語訳

昔、男が「このままでは死んでしまいそうです」と言ってやったところ、女から、

白露は消なば消ななむ　消えずとて玉にぬくべき人もあらじを（白露は消えるものなら消えてしまえばよいでしょう。たとえ消えないからといってもそれを玉として緒を通してくれる人もいないでしょうから）

と言ってきたので、男は随分失礼だと思ったものの、女への愛はますます募っていったのでした。

ど、心ざしはいやまさりけり。

解説

この歌は『家持集』に載っています。本来は男の歌で、自分の気持ちを伝える歌だったのかもしれません。

この段では、女からのかなりきつい拒否の歌として詠まれています。「白露」は男の命を例えています。消えるなら消えればよいと、冷たい拒否の言葉です。当時の女の返しの歌は、巧みに切り返す歌が逆に愛を表明する一つの手段であったと考えられるので、男の女への思いは「いやまさり」になったのでしょう。

❖第百六段

むかし、男、親王たちの逍遥し給（ふ）所にまうでて、龍田河のほとりにて、

ちはやぶる神代も聞かず龍田河
からくれなゐに水くくるとは

現代語訳

昔、男が、親王たちが風流なそぞろ歩きをなさるところに参上して、龍田河のほとりで詠みました。

ちはやぶる神代も聞かず　龍田河からくれなゐに水くくるとは（神代の昔から聞いたこともありません。龍田川の水一面を美しい紅色にくくり染めにするとは。すばらしい紅葉の季節です）

解説

『百人一首』にも選ばれた業平の有名な和歌です。『業平集』には「二条のきさいの宮みやす所ときこえし時の屏風のゑに」として、この歌が載っています。この段で二条の后との繋がりをあえて記していないのは、想像の世界ではなく業平自身が直に見た紅葉の景色がすばらしく、忘れがたかったのでしょう。それを屏風歌に流用したのかもしれません。業平らしいオーバーな表現ですが、スケールが大きく、それでも嫌味のない歌になっています。

この歌は後の落語『ちはやぶる』の素材にもなりました。江戸相撲の関取の竜田川は、吉原で知った千早という花魁にふられ（ちはやふる）、その妹の神代にも望みを聞いてもらえず（神代もきかず）、がっかりした（竜田川）は郷里に帰って豆腐屋を始めました。ある日、一人の女乞食がその店の前に来て、せめておからでも恵んで下さい、と言いました。その女乞食をよくよく見ると、かの千早の落ちぶれた姿でした。自分をふったにくい女に親切にはできないと、おからをやりませんでした（からくれない）。落ちぶれた姿を見られた千早は、それを恥じて、傍にあっ

た井戸に飛び込んでしまいました（水くぐる）。そして（とは）とは千早太夫の本名でした、と落ちまでついた落語です。

❖第百七段

むかし、あてなる男ありけり。その男のもとなりける人を、内記にありける藤原の敏行といふ人よばひけり。されど、若ければ、文もをさをさしからず、ことばも言ひ知らず、いはむや歌はよまざりければ、かのあるじなる人、案を書きて、書かせてやりけり。めでまどひにけり。さて、男のよめる、

つれづれのながめにまさる涙河
袖のみひちてあふよしもなし

返し、例の、男、女にかはりて、

浅みこそ袖はひつらめ涙河
身さへ流ると聞かば頼まむ

と言へりければ、男いといたうめでて、今まで巻きて文箱に入れてありとなむい

現代語訳

むかし、高貴な男がおりました。その男の所にいた女に、内記であった藤原敏行という人が、求婚しました。しかし女はまだ若かったので、手紙もしっかりとは書けず、言葉の使い方もよくわからず、ましてや歌は詠まなかったので、その家の主人である人が下書きを書いて、清書させて届けました。敏行はもうすっかり感心してしまいました。そしてその男が歌を詠みました。

つれづれのながめにまさる涙河　袖のみひちてあふよしもなし（どうしようもなくあなたへの思いに沈み、私の流す涙の川はこの長雨でますます水かさが増し、お目にかかるすべも無く、袖ばかり濡れてしまいます）

返しの歌は、主人の男が女に代わって詠みました。

浅みこそ袖はひつらめ　涙河　身さえ流ると聞かば頼まむ（あなたの涙川は浅いからこそ、袖ばかりが濡れるのでしょう。その涙川が身まで流れるほど深いとわかれば、その思いの深さを信じてあなたを頼りといたしましょう）

と言ったので、相手の男はもう大そう感動して、今もその手紙を巻いて文箱に入れて大切に保存しているというのでした。男はまた手紙をよこしました。それは女を自分のものとして後のことでした。その文面は、「逢いに行きたいのですが、雨が今にも降りそうなので、困っています。私の身に幸いがあるならば、この雨は降らないでしょう」と言っていたので、女の方では、例の主人である男が女に代わって歌を詠んで届けさせました。

数々に思ひ思はず問ひがたみ　身を知る雨は降りぞまされる（心から私を思って下さっているのかどうか、お尋ねするわけにもいきませんでしたから、お便りをいただいて我が身の幸もこの程度だったかと思い知る涙の雨がいよいよ降り勝ってくるのです）

ふなる。男、文おこせたり。得てのちのことなりけり。「雨の降りぬべきになむ、見わづらひはべる。身さいはひあらば、この雨は降らじ」と言へりければ、例の、男、女にかはりてよみてやらす、

数々に思ひ思はず問ひがたみ
身を知る雨は降りぞまされる

とよみてやれりければ、蓑も笠も取りあへで、しとどに濡れてまどひ来にけり。

と詠んでやったので、男は蓑も笠も取るゆとりもなくびっしょり濡れて、あわててやって来たのでした。

解説

この段は前段と後段に分かれます。どちらも、あてなる男が家にいる若き女の代わりに、返しの歌を詠みました。前段では、返しの歌のうまさに感激した敏行は、大切に文箱に入れてしまっておきました。後段では、ちょっと誠実でない手紙を書いてしまったので、あてなる男代作の返歌の巧みさに感じて、あわてて雨の中びっしょり濡れて、駆けつけたのでした。ユーモアもあり、純粋な敏行の人柄も見える楽しい段です。

返しの歌は、『古今集』に業平の歌として載っています。ちなみに、藤原敏行は、『百人一首』でも知られる、

秋きぬと目にはさやかに見えねども風のおとにぞおどろかれぬる

の作者でもあります。業平より五歳から十歳位若いとされ、業平の妻の妹と結婚しました。歌人としての成長は、業平の影響も大きかったと考えられます。

❖第百八段

むかし、女、人の心を恨みて、

風吹けばとはに浪こす岩なれや
わが衣手のかわく時なき

と常の言くさに言ひけるを、聞き負ひける男、

宵ごとにかはづのあまた鳴く田には
水こそまされ雨は降らねど

現代語訳

昔、女が、男の心を恨んで、

風吹けばとはに浪こす岩なれや　わが衣手のかわく時なき（風が吹くといつも浪に越される岩と同じなのでしょうか。私の袖は涙でかわく時もありません）

と、日ごろ口癖のように言っていたのを、自分のことと思い込んだ男が、歌を詠みました。

宵ごとにかはづのあまた鳴く田には水こそまされ　雨は降らねど（毎晩蛙がたくさん鳴く水田では、雨が降らなくても蛙の涙で水かさがまさるのです。私のせいではなく、あなたの泣く涙のせいですよ）

解説

女の歌と、男の返歌には繋がりが感じられません。自分のことと思い込んだのなら、もう少し言葉の繋がりがあってもよさそうです。浪・岩と蛙・田では発想のもとが違います。おそらく別々の歌を並べて一つの話を作ったのかもしれません。

❖第百九段

むかし、男、友だちの人をうしなへるがもとにやりける、

花よりも人こそあだになりにけれ
いづれを先に恋ひむとか見し

現代語訳

昔、男が、友達で愛する人を亡くした人のもとに、歌を贈りました。

花よりも人こそあだになりにけれ　いづれを先に恋ひむとか見し（はかないはずの桜の花よりも、人の方が先に空しくなってしまいました。あなたは桜の花と愛する人と、どちらを先に失って恋い慕うことになると思っておられたことでしょう。こんなことになるとは、思いがけないことでしたね）

解説

この歌は、『古今集』哀傷歌の中に、紀茂行の歌として載っています。茂行（望行）は、紀貫之の父です。『伊勢物語』成立に関する貫之の存在を意識させられる段でもあります。

❖第百十段

むかし、男、みそかに通ふ女ありけり。それがもとより、「今宵、夢になむ、見えたまひつる」と言へりければ、男、

思ひあまりいでにし魂のあるならむ
夜深く見えば魂結びせよ

現代語訳

昔、男がひそかに通う、女がおりました。その女のもとより「今宵、あなたが夢の中にお見えになりました」と言ってきたので、男は、

思ひあまりいでにし魂のあるならむ　夜深く見えば魂結びせよ（あなたのことを思うあまり、私の身から抜け出していった魂があるのでしょう。もし夜が更けてから見えたなら、魂結びしてあなたの所に留めておいてほしいものです）

解説

当時の考え方からすると、夢に出てくるのは、その人が自分を思っている、とさ

❖第百十一段

むかし、男、やむごとなき女のもとに、なくなりにけるをとぶらふやうにて、言ひやりける、

いにしへはありもやしけむ今ぞ知る
まだ見ぬ人を恋ふるものとは

返し、

下紐のしるしとするも解けなくに
語るがごとは恋ひずぞあるべき

また、返し、

恋しとはさらにも言はじ下紐の
解けむを人はそれと知らなむ

れるので、この段の場合も互いに思いあっているのでしょう。「魂結び」とは、霊魂がさまようのを繋ぎとめるまじないです。

現代語訳

昔、男が、身分の高い女のもとに、その家で亡くなった人を弔うふりをして、歌を詠んでやりました。

いにしへはありもやしけむ　今ぞ知る　まだ見ぬ人を恋ふるものとは（昔はこんなこともあったのかもしれませんが、私は今初めてわかりました。まだお逢いしたこともない人をこんなに恋い慕うことがあるということを）

女から返しの歌がありました。

下紐のしるしとするも解けなくに語るがごとは恋ひずぞあるべき（下紐が解けるのは、人から恋い慕われている証拠だと言われていますが、その下紐が解けないのは、おっしゃるほどには、私を恋い慕っているとは思われません）

また、男から返しの歌がありました。

恋しとはさらにも言はじ　下紐の解けむを人はそれと知らなむ（今更恋しいとは言わないことにしましょう。下紐が解け（ほど）たら、私があなたを恋い慕っていると思って下さい）

解説

この段の返しの歌二首は、先の、男がやむごとなき女に贈った歌との繋がりが理解できません。ちなみに返しの歌二首は、『後撰集』に歌の順序は逆ですが、在原元方（業平の孫）の贈答歌として載っています。先の歌と繋ぎ、一つの話を作ろうとしたのかもしれません。なお、当時「下紐」は、人から恋されると自然にほどける、と考えられていました。

❖第百十二段

むかし、男、ねむごろに言ひ契りける女の、ことざまになりにければ、

須磨の海人の塩焼く煙風をいたみ
思はぬ方にたなびきにけり

現代語訳

昔、男が、心を込めて結婚の約束をしていた女が、他の男に心を移してしまったので、歌を詠みました。

須磨の海人の塩焼く煙風をいたみ　思はぬ方にたなびきにけり（須磨の海岸の海人が塩を焼く煙は、風が強いので、思いもかけぬ方向になびいてしまいましたよ。あなたも思いもかけない他の男に心を移してしまったのですね）

解説

この歌は、『古今集』仮名序に「たとへ歌」の例として載り、また『古今集』恋の歌の中に、「題しらず　よみ人しらず」の歌として載っています。物語化するような詞書をつけたのでしょう。

❖第百十三段

むかし、男、やもめにてゐて、

長からぬ命のほどに忘るるは
いかに短かき心なるらむ

現代語訳

昔、男が、妻と別れてやもめ暮らしをしていて、歌を詠みました。

長からぬ命のほどに忘るるはいかに短かき心なるらむ（長くもない一生の間に契りを結んだ人のことを忘れるとはなんと短い心なのでしょう）

解説

この段は、二通りの解釈ができそうです。一つは、あまりにも契りの浅い妻の心にあきれた歌。この場合は前段と同様、妻にそむかれた男の話です。もう一つは別れた妻のことを忘れかけている自分の心にあきれた歌となります。この場合はもうすでに亡くなった妻とも考えられます。

❖第百十四段

むかし、仁和の帝、芹河に行幸したまひける時、今はさること似げなく思ひけれど、もとつきにけることなれば、大鷹の鷹飼にてさぶらはせたまひける、摺狩衣の袂に書きつけける、

翁さび人なとがめそ狩衣
今日ばかりとぞ鶴も鳴くなる

おほやけの御けしきあしかりけり。おのがよはひを思ひけれど、若からぬ人は聞き負ひけりとや。

現代語訳

昔、仁和の帝が芹河に行幸なさった時、男は今はもうそういうことは似つかわしくないと思ったけれど、もともとしていたことだったので、帝は大鷹の鷹飼の役としてのお供を男にさせなさいました。その時の摺狩衣の袂に、男は歌を書き付けました。

翁さび人なとがめそ　狩衣　今日ばかりとぞ鶴も鳴くなる（年寄りくさい私が、鷹狩りの狩衣を着ているのを、皆さん咎めないで下さい。獲物になる鶴も今日かぎりの命だと鳴いていますが、私が狩りのお供をするのも鶴と同じく今日限りですので）

ところが帝のご機嫌が悪かったのでした。男は自分の年齢を思って詠んだのでしたが、若くないお方は自分のこととして聞いたということです。

解説

この歌は『後撰集』に在原行平の歌として載っています。そして但し書きとして「行幸の又の日なん致仕の表（辞表）たてまつりける」と書いてあります。業平没後の兄行平の話が物語化されたと考えられます。また、この時五十七歳だったと言われる仁和の帝光孝天皇を「若からぬ人は聞き負ひけりとや」と敬語なしの冷たい言い方をしていることに、業平没後『伊勢物語』成立に関与した人の思いを、何か感じざるを得ません。

❖第百十五段

むかし、陸奥にて、男、女、住みけり。男、「都へいなむ」と言ふ。この女、いとかなしうて、馬のはなむけをだにせ

現代語訳

昔、陸奥で男と女が共に暮らしていました。男が「都へ帰ります」と言いました。この女は大そう悲しく思って、せめて別れの宴だけでもしようとして、おきのゐて都島という所で、男に酒を飲ませて詠みました。

むとて、おきのゐて、都島といふ所にて、酒飲ませてよめる、

おきのゐて身をやくよりもかなしきは
都島辺の別れなりけり

おきのゐて身をやくよりもかなしきは都島辺の別れなりけり（真っ赤におきた炭火がくっついて、私の身を焼くこと以上に悲しいのは、この都島のそばでお別れすることですよ）

解説

陸奥が舞台の十四・十五段を思い起こします。みやびの精神からはほど遠い田舎の女性ですが、純粋な中に素朴さを持ち、率直に感情を表現する女として登場しています。ただし、この歌は、小野小町の墨滅歌（一旦削られた歌）として『古今集』に載っています。「おきのゐ」「都島」の二語を詠み込んだ「物の名」の歌です。陸奥宮城県に名所「沖の石」があります。その池は「沖の井」といいます。

❖第百十六段

むかし、男、すずろに陸奥までまどひいにけり。京に、思ふ人に言ひやる、

浪間より見ゆる小島のはまびさし
久しくなりぬ君にあひ見で

「なにごとも、みなよくなりにけり」となむ言ひやりける。

現代語訳

昔、男が、なんと陸奥まであてもなく出掛けていきました。恋しく思う都の人に歌を詠んでやりました。

浪間より見ゆる小島のはまびさし　久しくなりぬ　君にあひ見で（浪の間から見える浜びさしの景色を見るようになってから、久しくなりました。都にいるあなたに逢うこともなく）

「なにもかも万事うまくいくようになりました」と言い贈ったのでした。

解説

七・八・九段の東下りと、十四・十五段の「陸奥にて」のイメージに前段を結び付けて書かれたように思われます。陸奥の女性にとってはちょっとつらい、都人はどこにいても都人であることを伝えている段です。この歌は、『万葉集』に類歌があり、その歌を使い、物語化したものでしょう。

❖第百十七段

むかし、帝、住吉に行幸したまひけり。

われ見ても久しくなりぬ住吉の
岸の姫松いく世経ぬらむ

大御神、現形し給（ひ）て、

むつましと君はしらなみみづがきの
久しき世よりいはひそめてき

現代語訳

昔、ある帝が、住吉神社に行幸なさいました。

われ見ても久しくなりぬ　住吉の岸の姫松いく世経ぬらむ（私が見てからも長い年月が経ちましたが、この住吉の岸の美しい松は、どれほどの年月を経ているのでしょう）

すると、住吉の御神がお姿を現しなさって

むつましと君はしらなみ　みづがきの久しき世よりいはひそめてき（私と親しい間柄にあると、帝はご存知ないようです。実は、私はずっと以前から帝のことを祝福し始めていたのですよ）

解説

この段の歌は、帝と住吉の神との歌の贈答の形になっています。帝の歌は、何天皇かは不明ですが、『古今集』には、「題しらず　よみ人しらず」の歌として雑の部の歌として載っています。ちなみに、『土佐日記』の「住吉のわたりを漕ぎゆく」時の歌、

今見てぞ身をば知りぬる　住江の松より先にわれは経にける

は紀貫之が、この『古今集』の歌を思い出して詠んだものでしょう。返歌の住吉の大御神の歌は返歌の体をなしていません。恋歌のイメージです。実際には神が歌を詠んだのではなく、神に仕える巫女が詠んだのかもしれません。

❖第百十八段

むかし、男、久しく音もせで、「忘るる心もなし。参り来む」と言へりければ

現代語訳

昔、男が、長らく便りもせずにいて、「あなたを忘れる心などありません。これからお伺いします」と言ってきたので、女は歌を詠みました。

ば、

玉かづらはふ木あまたになりぬれば
　絶えぬ心のうれしげもなし

玉かづらはふ木あまたになりぬれば絶えぬ心のうれしげもなし（玉葛が多くの木に這いまつわるように、あなたが多くの女の所に通っていらっしゃるので、私へのお心がいつまでも続いているとおっしゃっても、別にうれしいとも思いません）

解説

百十二段の歌と同様、『古今集』に「題しらず　よみ人しらず」として載っています。あまり誠実でない男に対して、強い拒否ではないが、枕詞・縁語を駆使して、疑いの気持ちを表しています。

❖第百十九段

むかし、女の、あだなる男の形見とて置きたるものどもを見て、

形見こそ今はあたなれこれなくは
　忘るる時もあらましものを

現代語訳

昔、女が、不誠実な男が形見として女の所に残していった品々を見て、歌を詠みました。

形見こそ今はあたなれ　これなくは忘るる時もあらましものを（今となってはこの形見の品こそが、私を苦しめるものになってしまいました。これさえなければ、あの人を忘れる時もあるかもしれないのに）

解説

男がいなくなり、形見の品そのものが、男自身に思えてきて、つらくてたまらない女の気持ちを伝えています。この歌も『古今集』に「題しらず　よみ人しらず」として載っています。物語的な歌の説明をして、『伊勢物語』にこの一段を付け加えたのかもしれません。

❖第百二十段

むかし、男、女のまだ世経ずとおぼえたるが、人の御もとに忍びてもの聞えてのち、ほど経て、
近江なる筑摩の祭とくせなむ
つれなき人の鍋の数見む

現代語訳

昔、男が、女でまだ男女の仲を知らないと見えた人が、あるお方のもとに、ひそかにもの申し上げて後、しばらく経って男はそれを知って歌を詠みました。

近江なる筑摩の祭とくせなむ　つれなき人の鍋の数見む（近江の筑摩の祭を早くしてほしいものです。私に冷たいあなたのかぶる鍋の数が見たいですから）

解説

滋賀県米原にある筑摩神社の祭の日には、土地の女性は、通わせた男の数だけ土鍋を作って奉納し、数をごまかすと祟りがある、と伝えられていたそうです。女に裏切られたと思った男の歌として詠まれています。男の方から見て、「まだ世経ずとおぼえ」た女の相手の男には、「御もと」「聞え」という敬語が使われているので、身分の高い男の存在を知ったというわけです。この歌は『拾遺集』に初句が変わり、

いつしかも筑摩の祭早せなんつれなき人の鍋の数見む（1219）

と「題しらず　よみ人しらず」の歌として載っています。

❖第百二十一段

むかし、男、梅壺より雨に濡れて人のまかりいづるを見て、
うぐひすの花を縫ふてふ笠もがな
濡るめる人に着せてかへさむ
返し、

現代語訳

昔、男が、宮中の梅壺から雨に濡れて人が退出するのを見て、歌を贈りました。

うぐひすの花を縫ふてふ笠もがな　濡るめる人に着せてかへさむ（うぐいすが梅の花を縫い付けるという笠がほしいものです。雨に濡れているだろう人に着せて帰らせたいですから）

すぐ返しの歌がありました。

うぐひすの花を縫ふてふ笠はいな　思ひをつけよ　ほしてかへさむ（うぐいす

うぐひすの花を縫ふてふ笠はいな
思ひをつけよほしてかへさむ

❖第百二十二段

むかし、男、契れることあやまれる人に、
山城の井手の玉水手にむすび
頼みしかひもなき世なりけり
と言ひやれど、いらへもせず。

が梅の花を縫い付けるという笠はいりません。それより私への思いの火をつけて下さい。笠はその火でかわかしてお返ししますから）

解説

梅壺は清涼殿の北西に位置する凝華舎のことで、南庭には、西に白梅、東に紅梅が植えられ、東庭にも梅の木が植えられていました。そこから退出する人というのは、おそらく女房として仕えていた女性でしょう。梅の花から鶯を連想し、雨・笠と即興的に歌を作って、贈りました。すると、間髪を入れず、返歌をしてきたのです。鶯ならず鸚鵡返しの返歌でした。機転を利かした返歌の常套です。

現代語訳

昔、男が、約束したことをたがえた人に、

山城の井手の玉水手にむすび頼みしかひもなき世なりけり（山城の井出の玉水を手にすくって手飲むというように頼みにしていましたのに、そのかいもない間柄でしたね）

と言ってやりましたが、女は返事もしないのでした。

解説

序詞や掛詞（結ぶ・約束）（手飲み・頼み）を駆使して、男の気持ちを詠いました。返事をくれなかった女は、それなりの歌を詠むことができず、返歌しなかったとも考えられるし、男を捨てるという、はっきりした拒否の意思表示をしたとも考えられます。

男にとって、拒否する女は、ある意味、理想的な色好みの女性なのかもしれません。

❖第百二十三段

むかし、男ありけり。深草に住みける女を、やうやう飽き方にや思ひけむ、かかる歌をよみけり。

年を経て住み来し里をいでていなば
　いとど深草野とやなりなむ

女、返し、

野とならば鶉となりて鳴きをらむ
　狩にだにやは君は来ざらむ

とよめりけるにめでて、行かむと思ふ心なくなりにけり。

現代語訳

昔、男がおりました。深草に共に住んでいた女を、だんだん飽きかけてきたように思ったのでしょうか、こんな歌を詠んだのでした。

年を経て住み来し里をいでていなば　いとど深草野とやなりなむ（長年通って共に住んできたこの深草の里を、私が去っていったら、その名以上にますます草深い野原となってしまうのでしょうね）

女が返しの歌を詠みました。

野とならば鶉となりて鳴きをらむ　狩にだにやは君は来ざらむ（野原となりましたら、私は鶉となって鳴いておりましょう。せめて私の鳴き声を頼りに狩りにだけでも来て下さらないことがありましょうか。きっと来て下さると思っています）

と詠んだのに感じ入って、男は出ていこうという気持ちもなくなりました。

解説

深草は、平安京の都から南東にはずれた田舎です。地名のイメージにぴったりです。この歌は、『古今集』に贈答歌として、載っています。わずかに詞書が違っていますが、『伊勢物語』のこの段の方が、ずっと物語的で、細やかな感情の機微が表現されています。平安時代末期の歌人、藤原俊成の有名な歌に、

夕されば野辺の秋風身にしみて鶉なくなり　深草の里

があります。この歌は、この百二十三段の贈答歌の世界を背景にして作られています。「秋風が身にしみ」て鳴くばかりでなく、「鶉になってまでもあなたをお待ちします」という女の気持ちからも鳴くのです。この歌の背景があって深みのある歌と評価されました。幽玄の世界に入っていくことになります。

❖第百二十四段

むかしおとこいかなりけることを
思ひけるおりにかよめる
おもふこといはてそたゝにやみぬへき
我とひとしき人しなけれは

現代語訳

昔、男が、一体どんなことを思った時に、詠んだのでしょうか。

思ふこと言はでぞただにやみぬべき　われとひとしき人しなければ（心に思っていることを言わないで、そのままだまっている方がよいのです。自分と思いを同じくする人などは、この世に誰もいないのだから）

解説

これまでの自分の人生を振り返った時、ちょっと口にしたことから、誤解を受けたり、思わぬ波乱が生じたりして、つらいことや悔やむこともあったのでしょう。業平の人生とともに、彼の祖父平城天皇は薬子の変、父阿保親王は薬子の変連座、承和九年の変の密告者扱いという思いもかけない運命の展開を経験しています。

この歌の心は、業平の人生と重ね合わせた時、何ともはかない空しさを感じます。端から見て恋多きだけの男の感じと、本人の思いの深さはなかなか一致しないものなのです。

❖第百二十五段

むかしおとこわつらひて心地
しぬへくおほえけれは
つゐにゆくみちとはかねてききしかと
きのふけふとはおもはさりしを

現代語訳

昔、男が病気になって、このまま死にそうな気がしたので、

つひに行く道とはかねて聞きしかど　昨日今日とは思はざりしを（誰でもいつかは行かねばならぬ道があるとは聞いていましたが、自分がその道を行くのが昨日今日というさしせまったこととは、思ってもみませんでしたよ）

と詠んだのでした。

解説

「初冠」の初段から始まり、業平的な男の生き様の断片をつなぎ、段を構成し、よ

なむさわしを

うやく最終段となりました。この歌は、『古今集』哀傷の部に、業平朝臣の歌として載っています。「とうとう自分も死に続く道にやってきた。こんなに早いとは思わなかった」というわけです。何の技巧もなく、素直に詠み上げています。業平の死を暗示し、この段は終わります。業平的男の一代記として編集されていると思われます。業平は元慶四（八八〇）年五月二十八日に亡くなりました。五十六歳でした。

前段とこの段を続けて読むと、何ともさびしい業平の魂の孤独を感じます。『伊勢物語』の作者（編集者）が、業平をそのように捉えていたのかもしれません。『伊勢物語』の中の業平像は、実像ばかりでなく虚像もあるに違いありませんが、それを明らかにしなくても、一人の人間の物語として読んでいけばよいと思います。自由奔放で、将来を見据えて、用心深い生き方をする業平ではありませんが、かえってそういう所が、放縦不拘といわれる業平の面目躍如たる所だと思います。

また、この歌は、業平にしては素直に詠っていますが、どこか他人事のような、思わず笑ってしまうような点があります。機知に富んでウィットあふれる他の業平の歌と同様、誹諧歌のイメージもあると思われます。

おわりに

私が、『伊勢物語』に興味を持ったのは、大学二年の時、日本文学に専攻を決めて、初めて「伊勢物語入門」の演習に参加した時でした。笹渕友一先生の巨視的な目で日本文学をみつめ、一語一句を丁寧に解釈しながら、文章を読み込んでいく講義と演習の指導からでした。『伊勢物語』の登場人物がいきいきと目に浮かび、「みやび」の精神の本質をおぼろげながらわかったような気がして、千年前も今も変わらないし、人間ていいものだなあ、と思ったものでした。その後様々な日本文学を読んでいくうちに、『伊勢物語』は、後に続く日本文学の原点に匹敵すると思われてきました。折があったら、しっかり読んでみたいと思っていました。

家庭に入ってから、日本文学に興味を持つ人と知り合い、彼女と『伊勢物語』の読書会を始めました。残念ながら彼女は藤沢市に越してしまい、一年足らずで読書会は終わりました。その頃から、月一度我が家に、家庭の主婦や仕事を持つ女性が集まり、古典の読書会を始めました。「福島古典の会」と称し、三十数年続いています。これまで読んだものは、『伊勢物語』『かげろふ日記』『堤中納言物語』『平家物語』『和泉式部歌集』『土佐日記』などです。現在は『源氏物語』に挑戦し、九年目になりやっと宇治十帖に入りました。この長い付き合いの友達のお蔭で、楽しい読書会は続いてきました。その後、地元の公民館でも「古典に親しむ会」として『百人一首』『伊勢物語』そして今『枕草子』をじっくり読んでいます。古典の好きな仲間に支えられ、探究心を失わず、楽しく勉強を続けることができました。

そんな時、共に暮らしてきた母が、転んで動けなくなり、入院しました。骨折はしていませんでしたが、肺炎になり、付きっ切りの生活に入りました。その時『伊勢物語』の入門書を書こうと思い付きました。母が退院してからも介護生活は続き、外出はほとんどできなくなりました。幸い長年古典を読んできた資料は山ほどあります。家で在宅介護をしながら、まとめて見ようと思いました。それで楽しく生き生きと過ごすことができ、本書もようやくまとめることができました。お蔭様で母も無事百歳の誕生日を迎えることができました。古典の読書会に付き合い、支えて下さったすべての方に感謝いたします。なお、表紙は高校時代の同級生にお願いしました。絵は、世界各地で個展を開いて活躍中の伊藤久美さん、題字は「古典に親しむ会」の仲間の菅野光子さんです。快く引き受けていただいて、感謝です。

平成二十二年（二〇一〇）八月

関係系図を楽しむ

『伊勢物語』は実在の人物、在原業平とおぼしき男の一代記風に構成されて書かれています。業平を中心とした関係者の歴史的事実とミックスした、「文学の世界」が広がってゆきます。想像の世界が広がります。

第三十八代天智天皇から第四十九代光仁天皇に至るまでには、天武系の天皇がしばらく続きました。光仁以降現在に至るまで歴代天皇は天智系といわれます。また桓武帝の母は百済系の高野新笠であり、在原業平の母伊都内親王の母も百済系の血を引いています。業平は裕福な渡来人と桓武帝の孫という誇り高い血を引いていたのでした。

業平の子どもたちに目を向けてみましょう。業平は紀有常の娘と結婚して、その間に棟簗と娘の二人の子どもがいました。棟簗は長く兵衛佐を任じ「兵衛佐」と呼ばれ、四十九歳で亡くなりました。その息子元方は『古今集』の巻頭歌を飾った人です。『古今集』編者の在原家に対する並々ならぬ好意を感じます。戒仙という天台僧の息子もいます。彼は紀貫之や紀友則と付き合いがあったことが知られています。娘もいました。『今昔物語集』に載っている有名な話があります。藤原国経は年老いてから、若くて美しい棟簗の娘を妻にしていました。それを知った国経の甥の時平は、正月の祝いの席でうまく伯父をだまして盗みとってしまいました。これにまつわる話が、谷崎潤一郎の『少将滋幹の母』で新たな物語として作られています。妻を奪い取られた国経は、孤独に苦しみ、愛欲の迷いのまま亡くなります。母を奪われた息子の滋幹は、母へのあこがれの気持ちを膨らませ、とうとう四十年後、母子再会を果たします。滋幹の心に描いた通りの美しい優しい母の姿なのでした。この小説には載っていませんが、この母と時平の間には藤原敦忠がいます。和歌と音楽に優れ、三十六歌仙の一人になっています。

業平には、棟簗と同母の娘がいました。彼女は藤原南家貞碩の子、保則と結婚しています。彼は業平の母伊都内親王のいとこにあたります。保則は当時評判の人格高潔な模範的官吏だったといわれています。同じ年齢の父の業平とは随分違っていたようです。おそらく彼女は、まじめな夫の妻として幸せな家庭生活を送ったに違いありません。息子藤原清貫は大納言にまでなりました。

在原滋春は、業平の次男ということで在次の君ともいわれます。母は染殿内侍ともいわれますが、はっきりしません。染殿内侍は、染殿后明子に仕えた人で、古今集歌人の藤原因香（高藤の娘）とも、藤原良相の娘ともいわれます。滋春は六位の内舎人でしたが、印象的なのは『古今集』哀傷の業平の歌（『伊勢物語』最終段の歌）の次に、

甲斐国に、あい知りて侍ける人弔問はむとてまかりけるを、道中にて、俄に病をして、いま〳〵と成りにければ、よみて、京にもてまかりて、母にみせよと言ひて、人に付け侍ける歌　　在原滋春

かりそめの行きかひ路とぞ思こし　今は限りの門出なりけり

という歌があることです。滋春はこの地で亡くなったとされています。父子二人の辞世の歌が『古今集』に並んで載っています。

業平の子高階師尚は、伊勢斎宮恬子内親王との間に生まれた子と言い伝えられています。長屋王の子孫である高階茂範の子として育てられました。当時の人は気づかなかったのですが、平安中期の頃の大江匡房の『江家次第』や藤原行成の日記『権記』には師尚出生の秘密が記され、かなりうわさが広まっていたようです。『枕草子』に登場する一条天皇中宮定子の子の敦康親王が皇太子になれなかったのは、この密事のうわさが真実と受け止められていたということです。

中宮定子の母は高階氏出身の貴子でした。

伊勢物語　関係系図

○印は登場人物

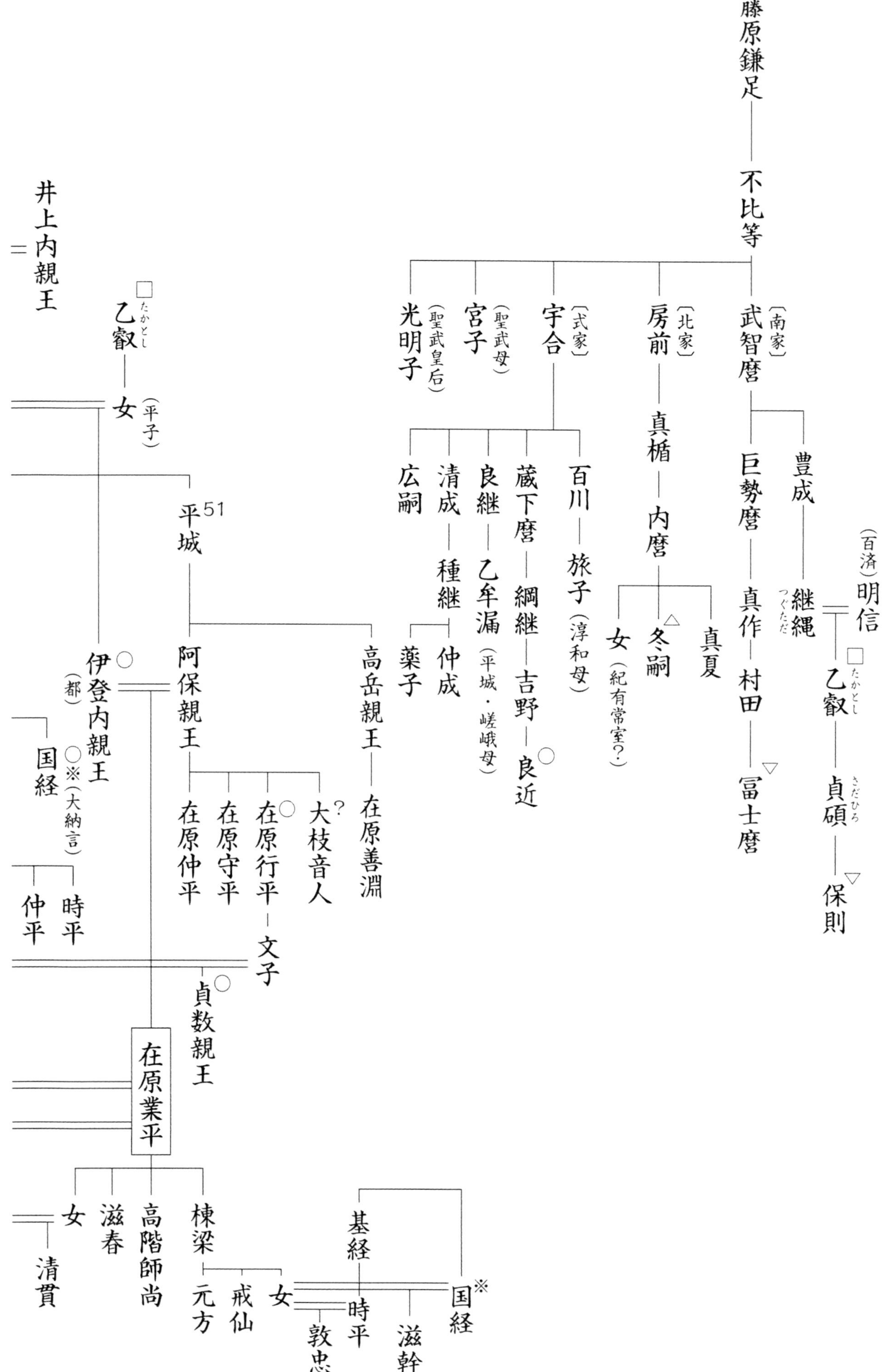

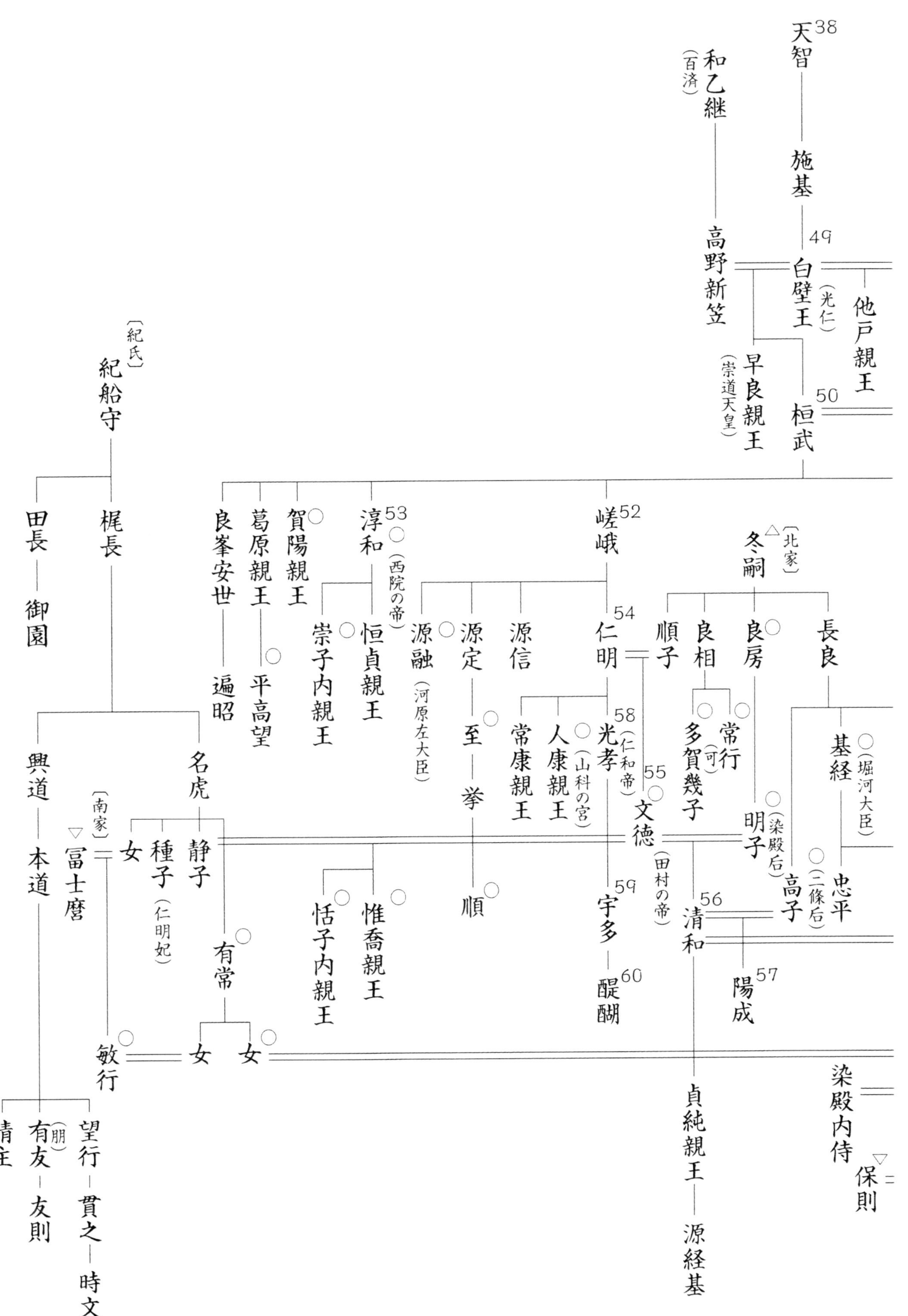

天智 38
施基
49 白壁王（光仁）
和乙継（百済）
高野新笠
他戸親王
早良親王（崇道天皇）
50 桓武
紀船守（紀氏）
田長
御園
梶長
良峯安世
遍昭
葛原親王
平高望
賀陽親王
淳和 53（西院の帝）
崇子内親王
恒貞親王
嵯峨 52
源融（河原左大臣）
源定
至
挙
順
源信
54 仁明
常康親王
人康親王（山科の宮）
58 光孝（仁和帝）
59 宇多
60 醍醐
55 文徳（田村の帝）
56 清和
貞純親王
源経基
57 陽成
冬嗣（北家）
順子
良相
多賀幾子
常行
（可）
良房
明子（染殿后）
長良
基経（堀河大臣）
忠平
高子（二條后）
染殿内侍
保則
興道
本道
清主
有友（朋）
友則
望行
貫之
時文
名虎
冨士麿（南家）
女
種子（仁明妃）
静子
有常
敏行
女
女
惟喬親王
恬子内親王

伊勢物語　関係地図

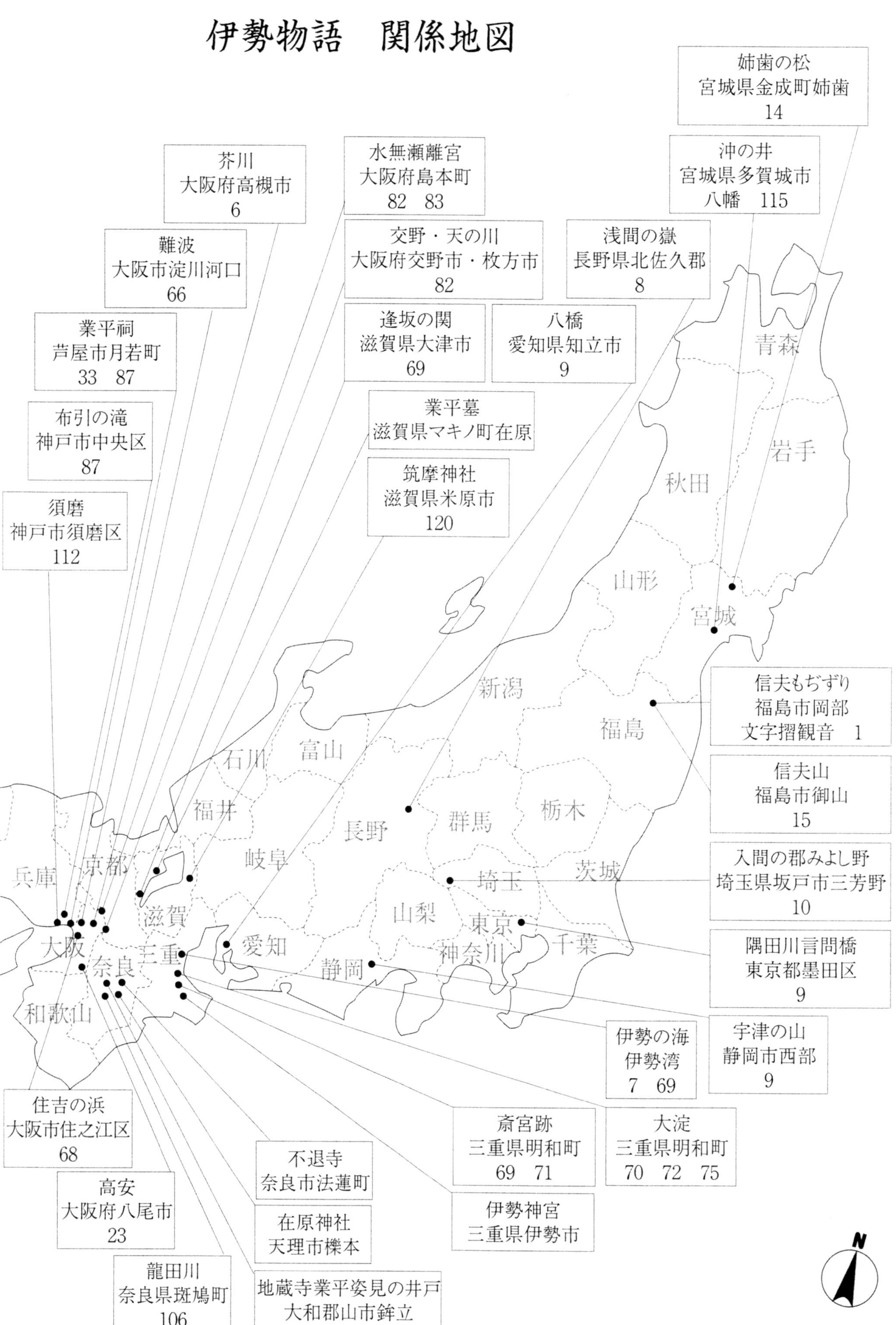

姉歯の松
宮城県金成町姉歯
14
沖の井
宮城県多賀城市
八幡　115
水無瀬離宮
大阪府島本町
82　83
芥川
大阪府高槻市
6
難波
大阪市淀川河口
66
交野・天の川
大阪府交野市・枚方市
82
浅間の嶽
長野県北佐久郡
8
業平祠
芦屋市月若町
33　87
逢坂の関
滋賀県大津市
69
八橋
愛知県知立市
9
布引の滝
神戸市中央区
87
業平墓
滋賀県マキノ町在原
筑摩神社
滋賀県米原市
120
須磨
神戸市須磨区
112
青森
岩手
秋田
山形
宮城
新潟
福島
信夫もぢずり
福島市岡部
文字摺観音　1
石川
富山
信夫山
福島市御山
15
福井
長野
群馬
栃木
入間の郡みよし野
埼玉県坂戸市三芳野
10
兵庫
京都
岐阜
埼玉
茨城
滋賀
山梨
東京
千葉
大阪
奈良
三重
愛知
静岡
神奈川
隅田川言問橋
東京都墨田区
9
和歌山
宇津の山
静岡市西部
9
伊勢の海
伊勢湾
7　69
住吉の浜
大阪市住之江区
68
斎宮跡
三重県明和町
69　71
大淀
三重県明和町
70　72　75
不退寺
奈良市法蓮町
高安
大阪府八尾市
23
在原神社
天理市櫟本
伊勢神宮
三重県伊勢市
龍田川
奈良県斑鳩町
106
地蔵寺業平姿見の井戸
大和郡山市鉾立
N

京都市・長岡京市

右近の馬場
京都市上京区北野天神
99

堀河院
京都市二条南堀川東
6　97

大原野神社
京都市西京区大原野
76

業平親子塚
京都市西京区大原野上羽町
58　84

長岡宮跡
京都府長岡京市

在原業平邸
京都市御池通高倉小路

業平塚
京都市吉田山竹中稲荷

染殿
京都市一条大路東京極大路西
6　65

高陽院
京都市大炊御門北堀川東
43

芹川
京都市伏見区下鳥羽
114

小野の里
京都市大原・八瀬
83　85

安祥寺
京都市山科
77　78

東山
京都市東山区粟田口
59

河原院
京都市六条坊門東京極西
1　81

深草
京都市伏見区
103　123

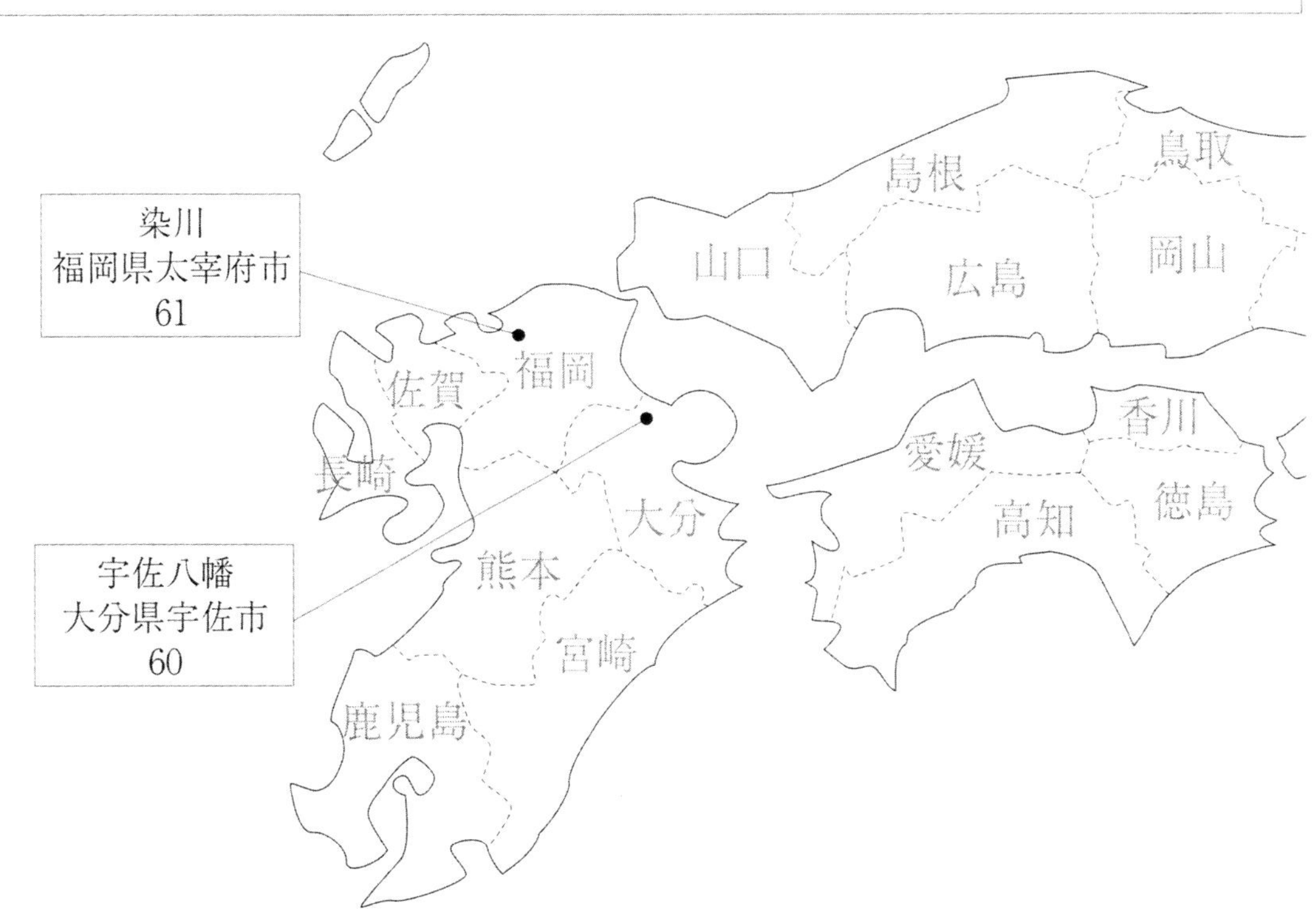

※数字は関係章段
『伊勢物語』に関係する伝承の地も含めて挙げてみました。

【著者プロフィール】

半澤 トシ（はんざわ とし）

一九四二年　福島県郡山市生まれ
一九六五年　東京女子大学日本文学科卒業

主要論文　「枕草子段構成試論」
日本文学研究資料叢書『枕草子』所収
有精堂

主要著書　『伊勢物語を楽しむ』（角川学芸出版・二〇一一年初版）
『源氏物語 ― 浮舟の心の軌跡』（第一印刷・二〇一五年）
『堤中納言物語を楽しむ』（東京図書出版・二〇二一年）

表紙題字／菅野光子
表紙イラスト／伊藤久美

伊勢物語を楽しむ

楽しみながら古典にチャレンジ

2024 年 6 月 30 日発行　　著　者　半澤トシ
発行者　向田翔一

発行所　株式会社 22 世紀アート
〒103-0007
東京都中央区日本橋浜町 3-23-1-5F
電話　03-5941-9774
Email: info@22art.net　ホームページ：www.22art.net

発売元　株式会社日興企画
〒104-0032
東京都中央区八丁堀 4-11-10 第 2SS ビル 6F
電話　03-6262-8127
Email: support@nikko-kikaku.com
ホームページ：https://nikko-kikaku.com/

印刷
製本　株式会社 PUBFUN

ISBN：978-4-88877-207-5